千筆・繪 LINO

藝妲探偵手帳本

Contents

琴音一落，女神探降臨！／既晴

兩年前，千筆以《魔導學教授的推理教科書》（2022）橫空出世，這部挑戰日式RPG魔法世界觀設定的特殊作品，為台灣推理小說的發展帶來了全新的風貌。

輕小說結合推理文學的創作實例，近年來有川千丈《多喝水，有事》（2016）、《公寓直播》（2016）、《夜光》（2018），沙承橦．克狼「獸人推理」《三億元事件》（2018）與《緝毒犬與檢疫貓》（2021），八千子《證詞》（2018）、《回憶暫存事務所》（2020）及「少女撿骨師探案」、M. S. Zenky《褪色的我與染上夕色的妳：九色曼荼羅遊戲》（2023）等新銳作品，無論是藉社會議題切入，或以架空設定鋪展，均取得了亮眼的成績。

然而，前行者的豐富建樹，絲毫沒有遮蔽千筆的鋒芒。在這部分為上下冊的處女作中，他已經能夠精準掌握如何以「邏輯的矛盾」來製造「謎團的魅力」，並在「俐落的描述」下兼顧「人物的立體感」與「對話的趣味性」的高超手法了。文學技巧如此純熟的新人作家實在非常少見。此外，在氣氛輕鬆、幽默的故事背後，更察覺得到他對推理程序的專注追究，以及類型創作的獨到見解。

如今，他帶來了《藝妲探偵手帳本》。藝妲，是台灣清治至日治在近代社會發展下出現的特殊職業，乃駐留酒樓、賣藝陪客的女性表演工作者。書題的「探偵」、「手帳本」均是具備日本風情的名詞，契合日治時代的故事背景。

在《藝妲探偵手帳本》中，首先讓我印象深刻的，是千筆表現了不拘一格而又同樣細膩的素材運用才華。

當代作品其實不乏日治時代的書寫，而千筆令人讚嘆之處在於，他在歷史考據與類型表現之間，取得了極為巧妙的平衡感。他節制且有效地運用史料、以及源自史料的想像衍生物，觸及藝妲的工作日常，例如「藝旦間」、「花選」等，不但讓時代風華自然流露於描寫對話、場景的字裡行間，同時，又挪出一點點與史實之間的距離，保留專屬於小說閱讀的虛構空間。

關於探偵的角色創意，尤是一絕。

在〈來自彼岸的謎題〉中，酒樓頭牌藝妲水月擁有過於常人的敏銳洞察力，客人絡繹來訪，不是為了她的歌舞，而是為了她的智慧。把「推理」當做飯飽酒足的餘興節目，取代吟詩作對的比劃，又能呈現出異曲同工的趣味性，可說別出心裁了。

社會階級的落差，在〈仕紳院奇案〉使水月的解謎過程受阻，無法自由出入公家機關，富家公子呂敬光則成為助手，帶出警方要角岡部信之助，一同調查不合常理的竊案。接著，〈三町目事件〉他們與警方一同追逐誘拐集團，日治時代熙攘的城街光景，在千筆的筆下引人入勝。最後的〈藝閣戲〉，又返回水月自身的謎團，首尾呼應。

四章故事，銜接得行雲流水、峰迴路轉，彷彿水月與敬光的故事，還能繼續說下去、再多說幾個、多說幾個，猶如酒樓今已不再，但藝妲彈琴奏曲的音樂，仍然迴盪在人們的心底，不曾間斷。

楔子

嘟嘟，低沉的汽笛聲響起，讓人們都能感受到腳下的地板在震動著。與之伴隨的，還有海鷗吵鬧的鳴叫聲，以及水手的呼喊聲。

「看到陸地了！」

一聽到水手這麼呼喊，艙門應聲而開，人們興沖沖地從船艙內跑了出來，來到了甲板上，試圖尋找陸地在哪。

「啊！看到了！就在那裡！」很快，就有人指著前方的一個小黑點大叫，而這也引來了一陣歡呼。

「太好了，總算看到陸地了！」

「坐了一整個星期的船啊！」

海風徐徐吹來，太陽高掛在天空，將整個海面映照得波光粼粼。眾人充滿著喜悅，即使彼此不認識，也像好友一般聊起了天，說著下船之後要去哪裡、做些什麼，而一片歡樂的氣氛當中，在沒有人注意到的角落裡站著一位青年。

青年身材高瘦，皮膚白淨，外表看起來年約二十左右，穿著立領學生服，頭戴白線帽，再加上濃眉大眼與立體精緻的五官，稱得上是位美男子，然而與周遭的歡樂氣氛相反的是，青年的臉上卻是連半點笑容都沒有。

和其他人帶著熱烈的眼神遠望前方的陸地不一樣，青年的目光依舊看向後方的大海，目光裡透露著一絲淡淡的憂鬱，他抿著雙脣，似是在思考些什麼，最後他從懷中掏出了一疊信紙。

信紙被海風吹得趴搭趴搭地作響著，在青年手中彷彿有可能在下一秒被隨時吹走，然而就在這時，青年突然鬆開了手，讓它們飛了出去。

在空中飛舞著的信紙，乍看之下如漫天飛舞的海鷗，身影盪漾於風、海之中，直至最後才緩緩飄落在船後的波浪上，但很快就被海水濡溼，上頭的字也隨之模糊得讓人看不清楚，進而為其吞沒。

然而，在被浪花折射的陽光間，還是可以看到某張信紙上頭畫著一把相合傘，傘下一邊名字已經糊開，而另一邊則是寫著「呂敬光」三個字。

第一章

來自彼岸的謎題

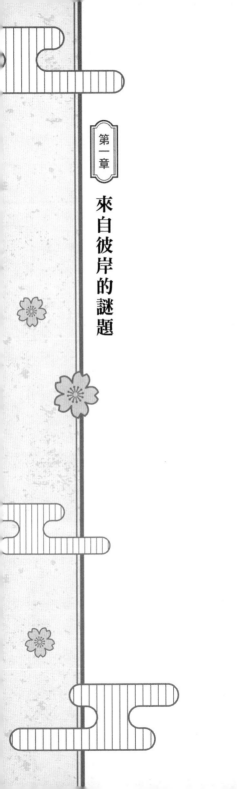

夕陽西下，將天空和海面都染成了一片金黃色，而金黃色之間，雜揉著些許黑色，那是一艘艘貨船、郵輪，它們依序停在附近的海上，準備入港或出發。

儘管已經接近黃昏，岸上也相當熱鬧，碼頭上還停著好幾輛人力車和貨車，及聚滿了大批吵鬧的人潮。裡頭各種人都有，有正在卸貨的工人、來看夕陽的情侶，以及帶著行李、準備過海關的旅客。

一艘接駁船入港，船上的人依先後次序下船，而剛才鬆手，讓信紙散入大海的青年亦在其中，他提著行李，隨著人流走著，不過就在這時，他突然聽到了一個聲音。

「呂……君！……呂敬光！」那個聲音向他搭話著，同時拍了他的肩膀，他轉頭一看，發現原來是一位男子和他搭話。

男子與他年齡相仿，同樣也穿著立領學生服、頭戴白線帽，只是他故意把它斜斜戴著，衣服也特意留了最上頭的兩顆扣子故意沒扣，讓自己看起來有些狂傲不羈。

「啊！原來是前輩啊，你也坐這班船嗎？」呂敬光問道。

「什麼前輩？我明明和你同年不是嗎？」男子露出微笑，用拳頭輕輕地碰了一下呂敬光的肩膀，但是呂敬光卻搖了搖頭。「你比我還要早去那邊念書，叫你前輩是應該的。」

「別再這樣叫了，聽起來好像我比你老。」男子嘆了口氣，像是拿呂敬光無可奈何的樣子，又換了個話題。

「對了，朋友約我晚上去喝酒跳舞，要一起來嗎？」

「……抱歉，我就不去了。」呂敬光的態度卻是相當保守，他淡淡地說：「剛回來，感覺有點累，況且這次帶回來的東西很多，還需要整理，下次吧。」

「……果然你還是忘不了她嗎？」聽到呂敬光這麼回答，男子也收起了笑容，取而代之的，是一個混雜擔憂和關心的表情。

呂敬光沒有回答，而是提著行李持續往海關走去，男子只能從吵雜聲中依稀聽到一句話。「我還在努力。」

◇
◆
◇

「客人，請小心腳。」車夫把車停下，放下拉車的支木，小心地扶著呂敬光下車。

呂敬光下了車，抬頭一看。在他面前的，是一棟有著朱紅色牆壁、大理石柱和翡綠色屋頂的漂亮洋房，它有五層樓高，看起來氣派非凡，外面則是懸掛著寫了「春山閣」這三個大字的招牌。

除了他們之外，春山閣外頭還停著許多車子和人力車，上頭下來了不少穿著西裝、禮服的紳士及貴婦們，有的人用著好奇的眼光瞄了呂敬光一眼，似乎在好奇為什麼有位穿著立領學生服的人站在這裡，又在想他為何風塵僕僕的模樣。

但呂敬光不管那些目光，只是抬著頭走入了春山閣裡頭。

進了春山閣，第一眼看到的就是大廳天花板垂掛的吊燈，由五顏六色的彩色玻璃製成，將整個大廳徹底照亮，而裡頭還可以看到許多漂亮的山水畫和西洋雕刻，腳下的紅地毯厚得幾乎可以讓人直接躺在上頭睡覺。

「呂少爺您好。」呂敬光還沒表明身分，一旁就有一個穿著燕尾服的中年僕役迎了上來，進行接待。「呂老闆已經在三樓的梅之間備好了宴席，請隨我來。」

中年僕役領著呂敬光走向了中央的大理石樓梯，直上三樓，之後他們穿過了一條長廊，長廊的兩側盡是房間，而裡頭皆傳出了陣陣熱鬧的歡笑聲。

時不時他們也會和一些人擦身而過，裡頭有的是同樣穿著燕尾服的僕役，有的是像呂敬光一樣的客人。不過除此之外，呂敬光有時還會看到一些身著和服或旗袍的美少女路過。

她們個個長相甜美、語氣輕柔，讓人不由自主得回頭多看幾眼，也時常見她們穿梭於各個房間之間。儘管忙碌，但不管什麼時候，其動作依舊保持著優雅——而她們正是藝妲。

「呂少爺，我們到了。」不知何時，中年僕役已經帶著他來到了最裡頭的一間房間，房門畫著幾枝梅花，門上還掛著一個木製門牌，上面用毛筆寫著「梅之間」三個字。

中年僕役恭敬地站到了一旁，呂敬光深吸一口氣之後，推開了門，走了進去。

房間正辦著宴會，三張圓桌都坐滿了人，一見到呂敬光走進來，全場的目光就像聚光燈一樣聚集到了他的身上，一個穿著高級西裝，小腹微凸的中年男子起身走了過來。

「喔喔，終於來了啊，敬光。」中年男子手拿一杯白蘭地，也不顧手中的酒已經灑到自己的西裝上，就這樣晃呀晃地走到呂敬光身邊，大力地拍著他的背，露出手腕上金光閃閃的名錶。「等你好久了，怎麼那麼晚到？你的信裡不是說黃昏就會到嗎？」

「不好意思，叔父，因為船期延誤，到港的時候已經晚上了，所以這才晚到了幾分鐘。」儘管中年男子酒氣逼人，呂敬光依舊微笑地說，並接過中年男子手中的酒。「為表歉意，我先在這裡先乾為敬。」

呂敬光這麼說完，就向眾人敬酒後，把手中的酒給一飲而盡，而這也讓客人們拍手叫好了起來。

「好，原諒你了，來！你是今晚的主角，去坐主位吧。」呂敬光還來不及仔細觀察到底有哪些人出席，就被叔父拉了過去，並順著叔父的意思，乖乖地坐在主位上。

主位的桌上擺著一盆精緻花籃和一本燙金菜單，而更特別的是，身旁邊的兩張椅子都是空的，像是在等待著誰入座一樣。

「好！既然主角來了，那可以上菜了！」叔父見到呂敬光坐下，便一屁股坐到了他左側的椅子上，大聲地吆喝了起來。

一聽到可以上菜，一旁的僕役就立刻動了起來，將早就準備好的燕窩一碗碗端上，放到了每位賓客的面前。碗裡的燕窩香氣撲鼻而來，但就在呂敬光準備動湯匙之前，房門突然間被打開了。

一群身穿紅色旗袍的藝妲們走了進來，她們穿著統一的服裝，動作整齊劃一，旗袍上有三朵金絲繡成的櫻花，代表著春山閣的春，旗袍開叉的高度剛剛好可以露出她們白皙的美腿。

她們每個人臉上都掛著笑意，讓看到這一幕的客人們也不由得露出微笑。

「好啊！等妳們好久了。」「聽說春山閣的藝妲很有名，今天總算是能見識到了。」「美食在前、美人在旁，這世上還有比這逍遙快樂的事嗎？」

藝妲們就像排練好的一樣，紛紛就定位，隨後就開始了表演。有的演奏起樂器，有的跳著曼妙的舞蹈，有的則是一張口，就唱起了最近流行的日本小曲，而在場的所有人皆沉醉在這樣的氣氛當中。

呂敬光也不例外，專心地聽著歌曲，然而就在這時，他突然感覺到似乎有人坐到了他旁邊的空位上，轉頭一看，就看到了一位穿著旗袍的藝妲。

和其他的藝妲不同。這位藝妲身材嬌小，長相稚嫩，有著一對水汪汪的大眼睛，微笑時還露出了兩邊小小的虎牙，再加上梳著兩個包包頭，讓呂敬光不由得愣了一下。

「這麼小的孩子，也來當藝妲？」呂敬光的這句話，引得一旁的叔父哈哈大笑了起來。

「哈哈哈，不好意思，我姪兒是第一次來春山閣，原諒他吧。」

叔父先是雙手合十，對那位藝妲道歉，之後又轉過頭對呂敬光說：「喂，你可別小看人家喔，水月姑娘可是這裡的頭牌，至少在這裡工作十年了。」

「喔？」呂敬光聽到叔父的介紹，不由得仔細打量起水月。

要成為頭牌藝妲可不是一件簡單的事情，這個稱號代表了這家店的門面。除了長相、身材這些基本外在條件之外，頭牌藝妲本身還要會某些絕技，若是光靠常見的唱歌、跳舞就想登上頭牌可是相當困難的。

有的頭牌藝妲歌聲美妙，不管是西洋歌還是東洋歌，只要聽過一次就能直接唱出來，有的善於交際，就算是仇敵同桌，也能讓雙方當場化敵為友，甚至有的善於舞劍，連劍術大師也會看得如痴如醉。

「呂少爺您好，妾身名叫水月，請多指教。」和稚嫩的外表相反，水月用優雅的語氣說著，並熟練地遞出名片，呂敬光連忙接了過來，上頭有燙金字體寫著「春山閣・水月」，同時還有一幅明月在海上的簡單繪畫。「順帶一提，妾身可不是小孩子。」

「啊！啊……真是不好意思。」

呂敬光有些不知所措，他沒想到這麼小的孩子，應對卻如此成熟，甚至讓呂敬光以為正在和年紀比自己還要年長的大姐姐說話，再加上水月的說話方式很特別，用語相當老派，一時間他居然不知道要怎麼應對。

「不過呂老闆真是太過分了，妾身明明上個月就工作滿十一年了。」水月話題一轉，就對叔父開起了玩笑。「呂老闆不是才來替妾身辦過慶祝派對嗎？怎麼一下子就忘了呢？」

「喔？有這麼一件事？」叔父裝傻了起來。「啊哈哈，不好意思啊，人一老，記憶力就衰退得厲害，抱歉抱歉。」

看著叔父和水月一來一往的漫才表演，呂敬光趁機仔細觀察了起來。雖然這樣講很難聽，但他看不出來眼前的水月為什麼是春山閣的頭牌藝妲。

水月的長相雖然好看，但和其他藝妲相比，並沒有多出眾，最多可能就是特別能吸引一些蘿莉控，而要是她的歌聲美妙，那麼早就上去唱歌了，至於舞劍……他甚至懷疑水月那嬌小的身軀是否拿得動劍。

「喔喔，我們聊得太開心，把敬光都忘在一旁了。」似乎是終於注意到了一旁還有呂敬光，叔父在一旁介紹了起來。「水月她有一項絕技，那就是善於推理，只要看一眼，就能說出那個人剛去了哪裡、做了什麼——甚至就連有些警察也會過來找她推理，簡直就像是福爾摩斯一樣，還有人叫她藝妲探偵呢。」

「喔？」儘管叔父這麼說，呂敬光感到了幾分好奇，不過他還是有些懷疑，畢竟叔父說話習慣誇大，有時候只能信一半。

「哎呀哎呀，妾身可沒那麼偉大呢，況且以第一印象來判斷別人可不好啊。」水月卻是微微一笑，閃避了話題，讓呂敬光更弄不清楚叔父說的到底是真是假。

「水月姑娘太謙虛了。」叔父突然伸出了一根手指，指向了自己。「不如就拿我當例子吧，能從我現在的樣子看出什麼嗎？」

「好吧，要是呂老闆不介意，妾身就來獻醜了。」水月先是微微低頭，之後快速地將叔父從頭到腳掃過一遍。

「呂老闆今天在港口談成了一筆大生意，對吧？」

「妳怎麼知道？」聽了水月的這句話，叔父立刻收起笑容，露出目瞪口呆的表情，像是沒想到自己說的話竟然成真了。

「呂老闆手腕上的那只錶是新買的吧。」水月指了指，開始解釋了起來。

「呂老闆每次新談成一筆大生意，就會買東西來犒賞自己，不是嗎？」

「嘿嘿，確實是。」叔父有些尷尬地摸了摸名錶，又問：「那妳怎麼知道我是在港口談成的？」

「我最近才去了一趟百貨公司，所以知道那只錶是外國貨，而且現在還沒有店家進貨。」水月依舊指著叔父手上的錶，說：「所以我想呂老闆應該是和水手或是專進船來品的商人買的，這樣一來，最有可能的就是港口了。」

「真是好眼力。」叔父拍了拍手，用佩服的語氣說著。

「那妳又是怎麼知道叔父是在今天談成的？」像是想要測驗似的，呂敬光拋出了另一個疑問。「就算是外國貨，也不一定今天才到港的吧。」

「這就更簡單了，因為主客都還沒來，呂老闆就喝成這樣，也太誇張了。」水月這時嘴角微微上揚，露出了有些壞心眼的笑容。「除非他的目的根本不是想為人洗塵，我想，呂老闆喝醉的真正原因，是替自己的成功乾杯吧。」

呂敬光看向了叔父，其實他剛才進來時，向客人們說船期延誤只是藉口，真正的原因是他根本就不知道叔父辦了這麼一個洗塵宴，一直到他回到家，檢查信箱才發現叔父的請柬。

要是水月的話沒錯，那麼叔父這次的用意其實根本不是為了幫他洗塵，只想拿他當藉口，好好狂歡一番而已。

「哎呀，酒喝多了就想上廁所。」叔父依舊是滿臉通紅，但呂敬光看不出來他是因為喝醉，還是剛好被說中了心聲，所以臉紅。「我去方便一下，敬光啊，你就跟水月姑娘好好聊聊吧。」

說完後，他就以穩健的步伐快步走了出去。

「妳這樣沒問題嗎？叔父是個很愛面子的人，以後可能不會再指名妳。」呂敬光一方面感謝水月告訴他真相，一方面出於擔心，於是就這麼說了。

「哎呀，真糟糕，我又失言了。」面對呂敬光的擔心，水月卻是吐了舌頭，露出了一個可愛的表情。「不過別擔心，就是因為呂老闆愛面子，他才會繼續指名我。」

「喔？為什麼？」呂敬光又疑惑地問著。

「來春風閣，卻不指名頭牌，他才會掛不住面子呢。」水月眨眨眼，解釋了起來。「要是我剛才是在大庭廣眾下說出那些話，他才會惱羞呢，但現在大家的注意力都不在我們身上，所以我才會直接這麼說。」

呂敬光看了一下周遭，果然大家這時的注意力不是放在眼前的美食，就是盯著臺上表演的藝妲們，這讓他相當佩服水月的觀察力和細膩的心思。

「那麼妳可以看看我的嗎？」呂敬光忍不住好奇心，就像剛才的叔父指向了自己。

「妳能從我身上看出什麼來呢？」

「喔？水月要開始表演了嗎？」

「好啊！水月的推理可是赫赫有名的！」

「下一個換我！」但沒想到，這時臺上藝妲們的演出也剛好告一段落，周遭的目光自然而然聚集到了他們身上，而一聽到呂敬光剛才說的話，周圍就熱烈地討論了起來。

「哎呀，妾身沒想到大家來春山閣，居然都是來找妾身推理的呢。」聽到大家的鼓動，水月卻反而說道：「可是，妾身可是藝妲啊，至少讓我上去唱首歌、跳支舞吧。」

「啊，這就不必了……」

「該怎麼說呢，妳的歌聲聽起來就像是用指甲刮黑板一樣好聽呢……」

「每次看妳跳舞，都會忍不住讚嘆起人體的奧祕，原來關節是可以像人偶那樣彎曲啊。」沒想到水月的話，讓周遭包括的所有人，都露出了微妙的表情。

「……你們這麼說，妾身可要生氣了喔。」水月依舊微笑著，可是她的眉頭卻止不住地跳動，呂敬光似乎還可以隱約看到她的太陽穴暴出了青筋。

「那個……要是妳不想的話，就別做了吧。」呂敬光忍不住跳出來說道。

「沒關係啦，妾身知道大家只是在跟妾身開玩笑而已。」見到呂敬光這麼說，水月像是消了氣，看向了呂敬光，不過就在水月的背後，所有人都很有默契地搖搖頭。

「那麼……」水月就像剛才一樣，將呂敬光從頭到腳都掃過了一遍。

被水月這樣盯著，呂敬光有些緊張又期待，就像是整個人都被看穿了一般，但他又有些好奇水月到底看到了什麼，於是便緊緊地盯著水月，好奇從她口中會說出什麼。

「嗯……嗯，原來如此……」水月點點頭，像是看出了什麼端倪，之後嘴角上揚，用開朗的語氣大聲地向眾人說：「妾身什麼都看不出來呢！」

「……什麼？」呂敬光張大了嘴，愣了好一會，才反應過來。

「哎呀，畢竟穿著學生服，什麼特徵都沒有呢。」水月伸出了小巧的食指，像是有些不好意思地抓了抓臉。「雖然硬要推理也可以啦，像是從衣服的樣式能推理出剛從海外回來之類的……不過這些不用說也知道吧。」

「原來如此。」「話說回來，的確是這樣呢。」「原來水月也有沒能推理的時候啊。」剛才震驚的客人們聽完了水月的解釋之後，便紛紛地點了點頭，像是鬆了一口氣的樣子。

「嘿嘿，不好意思啦，沒能從你身上看出什麼來。」水月突然身體前傾，伸出小手，摸了摸呂敬光的頭。

被這樣的年輕的美少女摸頭，呂敬光有些不知所措，不過隨著水月的靠近，他能聞到一股淡淡的清香從她身上傳來，就算隔著頭髮，他也能感受到她掌溫的溫暖，這意外地讓他感覺到有點舒服。

然而，他聽到的一句話，瞬間讓他猛然地抬起了頭。

「你在擔心海外留學時，認識的那個女人吧。」一個近乎耳語的聲音這麼說，呂敬光立刻看向了說這話的那個人。

而那個人，正是微笑著摸他頭的水月。

「想要和妾身談談的話，宴會之後就留下來吧。」水月又小聲地對他這麼補充了一句，之後就轉過頭去，對其他人說：「好了，雖然很可惜沒辦法從呂少爺身上看出些什麼，不過就讓妾身來試著看看其他人的吧。」

「好啊，那就先來推理我昨晚去了哪裡吧。」「等一下，我要當第一個！」「我也想試試看。」

水月的發言，引起了其他客人們的興趣，一群人紛紛離開位子，走向水月，排隊給她推理。

只有呂敬光一人還坐在座位上，試圖消化剛才發生的事。

◇◆◇

「真沒想到水月姑娘竟然這麼厲害啊……」

「是啊，連昨晚我偷偷跑去賭場的事都被她看出來了。」

「你小心一點啊，我聽說那些莊家可是很厲害的，別輸到連底褲都沒了。」

過了許久，客人們紛紛心滿意足地散開，而這也代表著洗塵宴即將來到了尾聲。

「謝謝大家這一次的參與，我呂某人非常感激。」不知道什麼時候溜回來的叔父站在臺上說著。「那麼，我在此宣布這次洗塵宴圓滿結束，另外，下個月敝商行將在港口開新分店，屆時再和各位於春山閣團聚吧。」

「好喔！呂老闆生意越做越大了！」

「真期待下個月啊。」

「要不要再去別家續攤啊？」客人們聽到叔父這麼宣布，立刻就上前去祝賀他，同時大家也紛紛起身，帶著酒意離去，留下了一屋的杯盤狼藉，和故意拖延未離開的呂敬光。

僕役們立刻上前，就像是排練過無數次了一樣，開始收拾善後，並為下一攤客人們的到來做起了準備，而藝妲們則是一邊談笑著，一邊補妝，趁著現在這麼一點空閒時間喘口氣。

「你留下來啦……看來你真的很想跟妾身談談呢。」唯獨一位藝妲向他搭話，那人自然就是水月，她像是早就猜到了事情會這樣，便立刻站起身。「那我們走吧，畢竟接下來的事，你也不想在大家面前說出來吧。」

「嗯，那就麻煩妳了。」呂敬光點點頭，接受了水月的好意，兩人便一前一後地走出了房間。

水月帶著他穿越了走廊，爬到了五樓，來到了走廊底部，這裡擺著一架屏風，屏風上畫著各種與春天相關的象徵，例如櫻花、燕子、七里香等等，看起來別有一番風味。

水月伸出手，把屏風輕輕一拉，後頭就出現了一道密門，而在密門之後，則是一條長長的向上樓梯。

樓梯兩側是一個個燭臺，光線隨著燭臺上燭光搖曳，投射出一幅幅晃動的姿態，再加上密門打開後，一股奇特的香氣迎面而來，混雜了艾草、肉桂等各種香料的味道，讓人感覺宛如身處幻境。

「這裡是……？」呂敬光相當意外，他沒想過春山閣竟然還有六樓，更沒想到六樓竟然是這種模樣。

「啊！很快就到了。」水月踏上了兩階階梯，轉過頭，看到呂敬光還愣在原地，於是便拍了拍他的肩膀。「還是呂少爺累了嗎？畢竟剛才一到就被灌了一杯酒。」

「……不，我沒事的。」被水月這麼安慰，呂敬光連忙搖頭，而水月則是笑了出來。「啊啦～真了不起呢，那我們就繼續走吧。」

「……嗯。」因為酒精的影響，呂敬光感覺到自己有點頭暈，但還是乖乖地跟在水月後頭向上走著。兩人來到了六樓，站在一扇拉門前，門框是用紅檜木作的，若更加細看的話，障子紙上還帶有些櫻花的紋路，看得出來這個房間是精心設計過的。

水月拉開了門，裡頭出乎意料地是一間東西式混合的房間。天花板的吊燈照亮了整個房間，裡頭有各種家具與奢侈品，一套鑲金邊的針織沙發放在房間中央，右邊則擺著一張麻雀桌，左邊的角落擺著一個落地鐘，落地鐘旁邊的櫃子裡則放著好幾套瓷器茶具。

很明顯，這是個用來招待客人的房間，而且還不是隨隨便便的客人就可以進來的，一想到這，呂敬光不由得有種受寵若驚的感覺。

「這裡是會客室嗎？」呂敬光感嘆的說著：「這樣的話，確實是可以在這裡好好說話。」

「算是頭牌小小的特權吧，要是像剛才那樣，客人有什麼不能開口的隱情，妾身就會帶他們來到這裡。」水月一邊這麼說著，一邊走到了櫥櫃前，拿出一套茶具，點燃了煤氣燈，開始燒水。

「雖然有些怠慢，不過在等水開的時候，呂少爺就來說說你的故事吧。」水月一邊準備茶水，一邊指示呂敬光坐下。

看著水月的笑容，呂敬光坐了下來，並開始緩緩講述起了自己的故事。「這件事情得要從我在海外求學的最後一年開始說起，那時候，我和另外兩個同樣是留學生的同鄉，一起合租了一棟房子……」

◇
◆
◇

「前輩，又要出去啦？」呂敬光聽到腳步聲，便從書堆裡抬起了頭，看向了手拿鞋子，躡手躡腳準備要出去的男子。

「什麼前輩，叫我楊……呃，照這裡的叫法，應該叫我楊君。」男子被呂敬光當場抓包，先是這麼吐槽後，才沒好氣地說：「是啦，今天晚上六町目那裡的珈琲店[1]舉辦舞會，你要不要一起去？」

「還是不了，要是像上一次那樣被人趕出來那就不好玩了。」呂敬光搖搖頭，而這也讓被叫楊君的男子翻了個白眼。

「早知道就不邀你了，每次都那麼死板板的，不知變通。」楊君搖了搖頭說：「一

1 即咖啡店，由於咖啡豆長在樹枝上，看起來就如同髮簪，珈、琲皆為髮簪上的部件，因此得名。

直待在房子裡小心悶出病來啊。」

「前輩還是多念點書吧，下個星期不是有考試嗎？」呂敬光卻頑固地搖了搖頭，但又補充了一句。「而且……等一下杉田小姐會過來。」

「齁——原來是這樣啊。」了解了原因，楊君立刻露出了笑容。「難怪你會那麼乖乖地坐在這，你這個見色忘友的負心漢。」

「什麼負心漢，別胡說。」呂敬光表情嚴肅地說：「況且去了珈琲店，才對不起杉田小姐，畢竟她已經是我的未婚妻了。」

「……蛤？」楊君張大了嘴，像是不敢相信自己剛才聽到的話。「什麼？你們什麼時候定下婚約的？」他用急迫的語氣，急急地追問著呂敬光。

「上個星期。」呂敬光用狐疑的眼光看著楊君，不過還是坦白地全盤托出。「我向她提出了求婚，而她同意了，還說願意等我到畢業的時候，再正式成婚。」

「呃……」聽完了呂敬光的坦白，楊君卻露出了尷尬的表情。「原來如此，抱歉，雖然我知道你們在交往，但我沒想到你居然是那麼認真的，恭喜你們了。」

「謝謝。」呂敬光點點頭，但楊君的嘴巴突然一張一合，似乎是有什麼話想說的樣子。「咳咳，雖然現在說這個似乎有些不合時宜，可是身為朋友，我覺得我應該要……」

「楊君，怎麼了嗎？」楊君的話還沒來得及說完，一個可愛的聲音就突然從他背後向他搭話著。

楊君聽到聲音，就立刻轉頭一看。一個身穿黑色水手服，綁著雙麻花辮的美少女正笑咪咪地看著他。

水手服美少女不高，大概一百四十公分左右，身材嬌小，有著一雙圓滾滾的大眼睛、小巧的鼻子、粉嫩的臉頰和櫻紅色的水潤雙唇，不管怎麼看，都是百分百的美少女。

唯一美中不足的，可能就是她那似乎未發育的平坦胸部了。

「……沒事，我要走了。」楊君看見對方，就把剛才想說的話吞回了肚子裡，並連忙搖頭，快步走了出去，很快地，就傳來關門的聲音。

「路上小心。」水手服美少女微笑著向對方端正地鞠躬，送走了對方，而呂敬光則是緩緩地開口說：「彩香，妳來了啊。」

「是的，不好意思呢，呂君，讓你等那麼久。」杉田彩香轉過身，臉上掛著一個大大的笑容。

「不會，我也沒等多久，對了，這個給妳。」呂敬光拿出了一個小盒子，遞給了杉田彩香。

「這個是……哇！」杉田彩香打開了盒子，盒子裡頭是一枚銀製的戒指，戒指的樣式相當簡單，既沒有什麼做工，上頭也沒有鑲嵌任何寶石，可是杉田彩香還是驚呼著說：「好漂亮啊，敬光。」

「這是訂婚戒指。」呂敬光先是這麼說，隨後臉沉了下來。「對不起，因為現在沒有錢，所以沒辦法買更好的鑽石戒指給妳……」

「不會，這枚戒指已經很好了，而且重點還是你給的，如果是其他人送的，再漂亮的戒指我也不想要。」杉田彩香卻連忙搖搖頭，體貼地說：「況且……我們以後不是就會成為家人嗎？你現在省錢，也是為了我們的將來嘛。」

「彩香……」聽到杉田小姐這麼說，呂敬光很是感動，伸出了雙手，握住了杉田彩香的手，心中甚至生出了一股想要把對方抱入懷中的衝動。

不過就在這時，外頭突然傳來門被拉開的聲音，一個沉重的腳步聲走了進來，並打斷了他們。

「唉呦，真沒想到一回來就看到你們在這談戀愛啊。」一個身材高大，身穿西裝的男子走了進來，一看到他們，就笑了起來，並露出了一口潔白整齊的牙齒。「不用管我，你們繼續。」

「陳君真是的，就愛這樣嘲笑人。」或許是因為害羞，杉田彩香匆匆把手從呂敬光的手給抽了出來，並摘下了戒指，端坐在一旁。「對了，母親送來一盒羊羹，大家一起分著吃吧。」

呂敬光打開了包裹，就看到一盒被層層和紙包裝的羊羹，上頭還寫著知名和菓子店的店名，他連開都不用開，一看就知道價格不斐。

「不用了，我在外頭已經吃過了。」陳君壞笑著搖搖頭，之後又說：「雖然打擾你們談戀愛很不好意思，不過我房間的榻榻米好像有點受潮，感覺似乎快要發霉了。」

「哎呀，這可不行。」身為房東女兒的杉田彩香一聽到這種情形，就連忙站了起來。「我去看看吧，搞不好要請人換新的了。」

「我也來幫忙……」

「不用了啦，敬光。」儘管呂敬光站了起來，可是杉田彩香卻是笑笑地示意呂敬光坐下。「讓房客有個舒服的居住環境，這也是房東的工作，況且你不是下個星期有考試嗎？你在這裡好好用功吧。」

雖然杉田彩香語調溫柔，可是整個人透露出來的氣勢卻給人一種強烈的決心，看到這樣，呂敬光也只能乖乖坐下。

「不好意思，麻煩妳了。」陳君目送著杉田彩香離開，之後又像是有些不好意思地說：「對不起啊，打擾到你們了。」

「沒關係。」呂敬光揮揮手，又問：「你去哪裡了，難不成又去百貨公司了嗎？」

「是啊。」陳君的手上拿著一個袋子。「原先的帽子有點舊了，我就想去看看新款式，買完帽子之後，我又去化妝品部看了看，買了一瓶進口香水，還是山茶花味的，想說給家裡人當作伴手禮，買完後，就在那吃了晚飯。」

「你也太會花錢了吧，就算家裡有錢，也不能這樣亂花啊。」呂敬光聽了後，忍不住搖了搖頭，同時掰起了手指，算起了陳君光今天就花了多少錢。

「一瓶香水就可以夠我們繳三個月的房租了，在百貨公司吃一頓晚飯花的錢，都可以在學生食堂吃一個禮拜了。」呂敬光慢慢地算。「況且你明明就是學生，幹嘛不像我們一樣穿學生服啊？」

「你這就不懂了。」陳君又搖了搖頭，露出了他那陽光般的燦爛笑容。「穿學生服，不就代表你只是個小毛頭嗎？沒有女人會想認真和小毛頭談戀愛的。」

「我不就在和杉田小姐交往嗎？」呂敬光有些不服氣地反駁道。

「嗯？啊啊說起來，確實如此呢，哈哈哈。」被反駁以後，陳君沒有生氣，反而是大笑了起來。「好吧，我更正剛才那句話，不是沒有女人會想認真和小毛頭談戀愛，而是『很少』女人會想認真和小毛頭談戀愛。」

「呵，說得好像你很有經驗的樣子嘛。」儘管更正了自己的話，但被對方當成小毛頭這點卻依舊沒有改變，呂敬光忍不住反脣相譏著。

「唔，這裡好痛啊，被你的話給刺傷了。」陳君摀著胸，假裝露出難過的表情，但很快就面露笑容。「好啦，雖然我來這裡之後一直都沒有和別的女人交往，不過現在可是自由戀愛的時代，總會有機會的。」

「是啊是啊，祝你馬到成功，早日遇到你的心上人。」看完陳君這麼誇張的表演，呂敬光也只能這樣冷淡敷衍地回答。

「謝啦，很高興你能理解我。」陳君眨眨眼，露出狡滑的笑容。「話說回來，今天在百貨公司遇到的那個電梯小姐長得可真漂亮，簡直就像廣告明星，只可惜無名指上已經有戴戒指了……不對，也許我還是應該跟她搭話嗎？」

「……幸虧我快要畢業了，不然和你住在一起，哪一天被誤認成是第三者的話就慘了。」陳君這樣的自言自語，呂敬光搖了搖頭。

「哈哈，我倒是很慶幸能和你們住在一起啊。」陳君拉了一張椅子，坐了下來。「對了，說到了畢業，你畢業之後想要做什麼嗎？」

「一開始本來是想要回國的，可是現在……我有些迷惘了。」呂敬光露出了猶豫的神情。「杉田小姐的家在這裡，雖然她說願意和我一起回去，但總覺得讓她離鄉背井，遠離家人好像不太好……」

「原來如此，不過確實如此，思鄉病可是沒藥可醫的，特別是我們這些留學生最清楚了。」陳君理解地點點頭，但又補充了一句。「雖然我是沒有就是了，畢竟如果回老家的話，大概就得要被逼著結婚了。」

「像你們這種有錢人家，才會從小的時候就有婚約啦。」呂敬光聳聳肩，但還是有幾分同情對方。「所以這就是為什麼你會那麼崇尚自由戀愛的原因？難怪你來到這裡後，就像發情的公猴一樣，到處和女人搭訕啊。」

「發情的公猴是多餘的！」陳君輕笑著用拳頭輕輕敲了呂敬光的肩膀一下，但就又用熱情的語氣說：「這只是其中一個原因而已，更重要的是，我不想要被人當成只會靠家裡的少爺而已，我想要自己在外闖出一番大事業。」

「啊，是是，真了不起。」雖然陳君說得如此激昂，可是呂敬光就像是見怪不怪了，用打發的語氣說：「那祝你成功，我去幫一下杉田小姐吧，她去了那麼久，可能需要幫忙。」

「喂！你是不是太冷漠了啊？」呂敬光本來想要起身，可是卻被陳君給拉住，他抱怨著說：「明明我很嚴肅地跟你討論未來的夢想耶。」

「可是你未來的夢想常常在變啊，你上個月不是才說想要開珈琲店。」呂敬光無奈地坐下。「還跑去學怎麼泡珈琲，結果學不到三天，就說自己不喜歡磨豆子的聲音，馬上放棄了。」

「和自己興趣不合的工作，做起來也很痛苦啊，總之也算是一種經驗吧。」陳君自信滿滿地拍胸表示。「反正以我的成績，想要畢業已經是無望了，還不如趁還是學生的時候，找個工作做做。」

◇
◆
◇

「茶好了喔。」正當呂敬光說到一半時，一旁的水月突然打斷了他，並端了一杯茶給他，還附上了一碟奶油餅乾作為茶點，又問：「所以，現在陳君還在那邊囉？」

「是啊，畢竟我們大部分留學生的主要目的，就是要取得文憑，中輟的留學生常常會覺得沒臉回去，所以留在那的中輟生也不少。」呂敬光接過了茶杯，給出了肯定的答案。

「可是從你的描述聽起來，陳君似乎不在意啊。」水月敏銳地指出了這一點。

「他本人似乎本來就沒什麼回去的意願了，以他的話來說，他是個自由主義者。」呂敬光說：「而且他老家給他安排的婚事……該怎麼說呢。」

「呂少爺就放心地說出來吧，妾身的嘴巴可是很緊的，這可是做探偵的基本呢。」

看到呂敬光吞吞吐吐的樣子，水月敏銳地了解他猶豫的原因——陳君的家族很有錢，所以自然有機會能和春山閣的頭牌藝妲有接觸。

「……好吧。」見到心事被看破，呂敬光也很乾脆地說明。「簡單來說，就是陳君的家族為了門當戶對，就給他找了另一個有錢人家的千金，可是聽他說他的未婚妻長相不佳，甚至身材有些肥胖，完全不是他喜歡的那一型。」

「……這還真是麻煩呢。」水月聽完後，只是淺淺一笑，並簡單地這麼說。

「我知道這樣聽起來，陳君好像是個負心漢。」呂敬光能理解水月為何這麼反應，但身為朋友，他覺得自己有必要替陳君辯駁個幾句。「只是這段婚姻也不是他願意的，他甚至在訂婚前，都沒見過對方。」

「身為有錢人家的少爺，可真不容易呢。」水月半真半假地這麼說，不過呂敬光似乎有些感慨，忍不住抱怨了起來。「是啊，其實有很多不方便的地方，要不是父母早逝，我可能也會被逼去相親吧……就像叔父也常會把不同女孩子的相片塞給我看就是了。」

「嘻嘻，沒想到呂老闆除了擅長生意，還很喜歡為人牽紅線啊。」見到呂敬光的反應，水月咯咯笑了起來，之後又換了另一個話題。「那麼來說說楊君吧，他也和你們住一起嗎？」

「沒錯，雖然說住一起可能有些不符合現實就是了，因為和我或陳君不同，楊君他十分活潑外向。」呂敬光點頭，說：「所以他常常往外跑，參加各種舞會或活動，兩、三天不回來也是常有的事。」

「這麼聽起來，楊君的異性緣應該不錯囉。」

「沒錯，我認識他四年，就看到他換了五任女朋友，不過他的成績一直都保持得很好，所以這次也順利畢業，回來這裡了。」

「……那麼留在那裡的只有陳君一個人了。」水月若有所思地這麼說。

「沒錯。」

「啊，不好意思打斷了你，請繼續。」聊天聊到一半，水月似乎意識到自己打斷了呂敬光的話，連忙賠不是，之後又補充了一句。「這樣一來，我對大家已經有個粗略的了解了，就請呂少爺直接說那件一直讓你困擾的事吧。」

「那就得要從我即將回國的一個月前開始說起。」呂敬光點點頭，開始回憶了起來。

「那時候雖然我已經通過了畢業考，但還是有很多手續上的事情要處裡，所以我不是在學校，就是窩在家中，可是就在那時，我萬萬沒想到，就算已經這樣了，那些事居然還會找上門來……」

「你就是呂敬光嗎？」兩個身材高大的男人站在門口，語氣聽上去有些凶惡。

但即使對方來者不善，呂敬光卻絲毫不敢怠慢，這是因為他們穿的衣裝，兩人都頭戴黑色正帽，身穿筆挺制服，腰間的配劍和肩膀上的金色肩章表示了他們的身分——警察。

◇◆◇

警察握有相當大的權力，一般人在稱呼警察的時候，後頭都得要加上大人。就算是在自己家鄉被稱為少爺的呂敬光，警察只要一聲令下，就可以當場把他拿下，帶到派出所，於是他立刻用恭敬的語氣回答對方的問題。

「是的，在下正是呂敬光，請問兩位警察大人有什麼事嗎？」呂敬光恭敬地低頭，並拿出了拖鞋，示意兩位警察進來屋子。

兩個警察連鞋都沒脫，就大搖大擺地走進了屋子。「這裡是你平時住的地方嗎？」其中一人又問。

「是的，除了我之外，還有另外兩個留學生也住這，我們是一起合租的。」

「嗯，我們知道。」警察點點頭，又說：「聽說你和房東的女兒，也就是杉田彩香小姐是男女朋友，是嗎？」

「我們確實在交往中。」聽到警察這麼說，呂敬光心中突然浮現了一股不好的預感。「請問，彩香她發生了什麼事情嗎？」

見到呂敬光一臉擔憂的表情，兩個警察卻是互看了一眼，臉上露出了怪異的表情。「……你身為男朋友，難道不知道杉田小姐失蹤了嗎？」最後，還是其中一個警察說。

「……什麼？」呂敬光一時間還不敢相信自己的耳朵，傻傻地又問了一次。

「昨天晚上九點半的時候，杉田小姐的家人來到派出所裡報案。」另一個警察從懷中掏出了一個黑色的小筆記本，翻到了某一頁。

「他們說女兒從早上出門，到現在都還沒有回家，因為女兒說中午前一定會回家，所以他們相當擔心，就前來報案。」

呂敬光聽到對方這麼說，只感覺到腦袋嗡嗡作響，雖然對方的每個字他都聽進耳中，卻一時間像是聽到了陌生的語言，完全搞不懂對方在說什麼。

「我、我不清楚，因為最近在忙畢業的事情，所以我已經有好幾天沒和她碰面了。」他結結巴巴地這麼說，但換來的，是兩個警察懷疑的目光。

「是嗎？聽起來好像你們的關係沒有很親近啊。」一個警察一邊這麼問，一邊毫不猶豫地拉開了椅子，一屁股坐下，似乎是把這裡當成了審訊室。「可以請教一下，你昨天的時候在做什麼？」

「我昨天白天的時候都在學校，和教授討論一些學業上的事。」呂敬光這時慢慢地恢復了冷靜，開始回想起來。「中午的時候和同學在食堂用餐，下午因為學弟妹們要舉辦活動，所以我去幫忙，這些都是有人看到的。」

他刻意補充最後一句，就是要讓警察知道懷疑他是沒用的，還不如去找其他的線索，可是警察依舊沒被他說服。「那麼晚上呢？」另一個警察這麼問。

「晚上的時候我就回來了，因為忙了一整天的關係，我去了附近的錢湯後，就很快上床就寢了。」呂敬光這時已經感覺到有些不滿了，但他還是壓下火氣，耐心地這麼解釋。

「也就是說，這段時間沒人可以給你作證囉。」兩個警察聽到呂敬光這麼說，露出得意的表情，並這麼確認。

呂敬光大感不妙，萬一警察認為他有嫌疑的話，是可以當場就逮捕他的，其實逮捕還算是小事，要是因為這樣拖延，而不能畢業，那就大事不妙了。

不過就在他心裡想該怎麼解釋，才能解開誤會時，一個聲音突然大聲地這麼說。

「啊，我可以替他作證。」

兩個警察轉過頭，看到的人正是一頭亂髮、睡眼惺忪的陳君。「昨天晚上我都醒著，可以替呂君作證，他說的絕無半句假話。」
「你這小子是誰啊？」一個警察用粗魯的口吻這麼問，但陳君卻毫不在意。「我是住在這裡的房客，敝姓陳，警察大人。」
「所以你和他認識囉？」
「沒錯！不只這樣，我們兩人還是同鄉兼同學，更是相當要好的朋友。」面對警察的追問，陳君毫不猶豫地就給出了肯定的答覆。
「嗯……」兩個警察聽到陳君這麼說，臉上又露出了懷疑的表情，似乎是在思考著到底要不要相信眼前這個青年，不過陳君的下一句話，讓兩人打消了念頭。
「兩位是中野巡查和石川巡查對吧？」陳君突然對兩個警察這麼說，語氣熟悉地就像是三人是認識多年的好朋友。
「……你知道我們？」
「我們見過嗎？」兩個警察露出了好奇的表情，並這麼問。
「沒有，不過我和吉田警部算是有些交情。」陳君一派輕鬆地這麼說，可是兩個警察聽到後，都露出了相當震驚的表情。
「你認識吉田警部？」兩個警察就像是聽到了偶像一樣，立刻從剛才的瞧不起，變成了用羨慕的目光看陳君，而陳君則是笑著點點頭，說：「對啊，吉田警部還有向我提過兩位呢，說兩位是警界的精英，將來有一天也一定能升上警部。」

「哪裡哪裡，吉田警部太過獎了。」

「沒想到吉田警部居然也知道我們啊……」聽了陳君的話，兩個警察頓時眉開眼笑，氣氛也頓時從凝重變得輕鬆了起來。

「是啊，兩位還要在這裡多久呢？因為等一會我還有事，得要出門一趟。」陳君見到機會，立刻這麼說，而兩個警察互看一眼之後，最後像是達成了某種默契一樣，點了點頭。

「今天就先這樣吧。」一個警察合上了筆記本，又對呂敬光這麼說：「不過之後的調查可能還需要你的配合，你最近最好別去其他地方，知道了嗎？」

「……我知道了，警察大人請慢走。」雖然知道警察依舊在懷疑著他，可是呂敬光也只能這麼說，而兩個警察就走了出去。

「辛苦啦。」這句話當然是陳君對呂敬光說的。「這可真是無妄之災啊……你要去哪裡？」

「謝謝你替我解圍，要是沒有你，我可能就被抓起來了。」呂敬光穿起外套、戴上帽子，一副要出門的樣子。「我要去找杉田小姐。」

「等一下！我跟你一起去！」陳君聽到後，也匆匆地抓起了大衣和錢包，兩人便一起向外走去。

三月的街道上，兩旁都是低矮的日式民房，雖然現在已屆暮春了，可是天氣依然有點冷，時不時還會有寒風吹動一旁的櫻花。

「對了，你剛才說的吉田警部是誰？」呂敬光率先打破了沉默，並這麼問。

「喔，確實大眾不會知道，該怎麼說呢……他算是警界的大人物吧。」陳君想了一下，就解釋了起來。

「不但年輕有為，而且是貴族出身，很多警察都把他視為明日之星，最近才剛從這裡調到我們老家那邊，也因為這樣，我老爸和他有些認識。」說到這，陳君突然笑了起來。

「剛才那兩個警察態度太囂張了，所以我就想說在那兩個走狗前面提一下他的名字，順便說個謊。」陳君露出了一抹看起來相當陰險的壞笑。「沒想到他們竟然那麼高興，尾巴都快翹起來了，哈哈哈。」

回想著剛才兩個警察的反應，陳君忍不住拍著大腿並大笑著，然而呂敬光依舊一副心事重重的樣子，讓現場的氣氛頓時變得尷尬了起來。為了打破這氣氛，陳君主動開口問了。

「你打算去哪裡？」

「房東家。」面對陳君的疑問，呂敬光毫不猶豫地回答。「既然那是彩香她最後一次被人看到的地點，從那邊開始找會比較好。」

「你真的要去嗎？以你現在被懷疑的情況，去那邊恐怕會被人誤認為是去湮滅證據的。」陳君像是不能理解似地搖了搖頭，可是在看到呂敬光的表情後，就又改口說：「不過不管怎麼樣，我都會一直陪你的。」

「……謝謝。」聽到陳君這麼說，呂敬光感動地從口中說出這兩個字。

「謝什麼啊，害我都有點不好意思了，這不是理所當然的嗎？」陳君微笑地伸出拳頭，輕輕碰了一下呂敬光的肩膀。

兩人相視而笑，也因為這樣，在路口轉角的地方，他們差點沒撞上一個路人。「哇喔！小心一點，走路看……呂君、陳君？」那個路人突然這麼說。

兩人仔細一看，這才發現是楊君。「怎麼了？你們兩個怎麼走得那麼快？」楊君看到呂敬光的模樣後，又好奇地問：「是發生什麼事了嗎？你的臉色不大好啊。」

「杉田小姐失蹤了，我們要去找她。」呂敬光還來不及回答，一旁的陳君立刻搶著說道：「她從昨天就失蹤了，情況好像很嚴重，剛才還有警察到家裡來，你要和我們一起去嗎？」

「呃……」出乎意料的，楊君嘴巴微張，並往兩側拉開，發出了一個像是不太願意的聲音。「這個嘛……我是很想啦，可是我晚上還有事……不好意思。」他開始推託了起來。

「……沒關係。」見到楊君這樣，反而是呂敬光率先說道：「你有要事的話就別去了，我和陳君去就好。」

「……對不起。」楊君一臉虧欠的樣子，隨後就快步離開。

「我是不愛說別人壞話啦，特別是在人背後。」看著楊君遠去的背影，陳君忍不住開口抱怨。「不過楊君會有什麼要事啊？不就是晚上去跳舞、喝酒，或陪女人廝混嗎？」

「這種事畢竟強求不來。」呂敬光搖搖頭，隨後就快步往房東家的方向走去。陳君原本還想再多說什麼，看到這樣，也只能趕緊跟上。

房東家離他們的租屋處不遠，走沒幾個路口之後，他們就站在了房東家的家門。

「請問有人在嗎？」呂敬光毫不猶豫地就上前敲門，並大聲地問著。然而回應他的，卻是一片沉默。

「看樣子應該是沒有人在吧。」陳君在一旁說道，但呂敬光掏出了懷錶，瞄了一眼時間。

「都已經下午五點了，還沒有人在家嗎？」

「不好說，有可能是警察怕歹徒再闖進來，就叫他們先去外地避風頭。」陳君又給出了一個解釋。

「如果是綁架，那警察應該會叫他們留在家，這樣歹徒才能聯繫上他們啊。」呂敬光搖搖頭，又敲起了門，大喊著：「有人在家嗎？我是呂敬光，有事想要和你們商討！」

呂敬光這次的聲音更大了，就連隔壁的鄰居都有些好奇地從窗戶探頭出來看，但呂敬光不管這些，又敲起了門。

「……請回去吧。」最後，終於一個低沉的男性聲音隔著門，這麼回應了他。

「伯父！是我！呂敬光啊！」聽到了回應，呂敬光連忙說道：「聽說彩香她不見了，這是怎麼回事？」

「對不起，現在我不想見你。」然而男性聲音卻是冰冷地回答。「我們已經報警了，所以這件事情已經和你沒有關係了，請回吧。」

「你怎麼能這麼說呢？」呂敬光忍不住激動了起來。「我和彩香已經訂下了婚約了！怎麼能說和我無關！」

「請你回去！不然我就要報警了！」

「冷靜一點，不要開門啊！」男性聲音也激動了起來，還做出了這樣的威脅，不過又傳來了一個聽起來是中年女性的聲音，這麼勸止著對方。

「喂！冷靜一點。」這時一旁的陳君連忙勸住了呂敬光，他抓住了呂敬光的手。

「別再把事情鬧大了，萬一對方真的報警，這一次『我們』肯定會一起被抓進去關的。」

呂敬光本來還想要掙扎，但聽到陳君特別強調了「我們」，就停下了動作——不管怎麼說，他都不能讓陳君因為自己的關係，而被抓去吃牢飯。

「……我明白了。」呂敬光的手垂了下來，看著眼前緊閉的大門，他大聲地說：「伯父、伯母，我明天還會再來的。」

「別再來了！」男性聲音粗魯地回應，同時也能聽得到女性微微啜泣的聲音。

◇
◆
◇

「……之後我不管去多少遍，他們始終都沒有開門，我在回到這裡之前也一直沒有見到他們，或許他們還在懷疑我吧。」呂敬光喝了一口茶，緩緩地吐了一口氣。

「不管怎樣，我還是繼續尋找彩香，像是去了她可能會去的地方、在路口發傳單，可始終都沒有得到什麼線索，本來是想畢業之後，繼續留在那找人的。」

「可是一方面是錢快不夠了，另一方面陳君也力勸我回來，說一直留在海外，會讓家人擔心，還向我保證，他會幫我尋找，所以雖然有所不甘心，我還是回來了，但是直到現在，我有時候還是忍不住會想杉田小姐的下落、在她身上發生了什麼恐怖的事，以及她到底是生是死……這就是我的心事。」

說到這，呂敬光放下茶杯，靜靜地看著茶水中的茶梗。

「說出來心裡確實是變得比較痛快一點了，不好意思啊……讓妳陪了我這麼久，謝謝妳願意耐心聽完我的故事。」呂敬光看向了水月，轉而用和緩的語氣說。

「……不會，是個很好的故事呢。」水月微微一笑，又拿起了茶壺，替呂敬光倒茶。

呂敬光拿起茶杯，又喝了一小口。他把這件心事說出來，一方面是因為被水月看出心中有事，另一方面，他也想把心裡的事跟別人說說，要不然他實在快被壓得喘不過氣來了。

也因為這樣，水月接下來的話讓他差點沒把嘴裡的茶給噴出來。

「那麼，雖然妾身是不愛說別人壞話啦，特別是在那個人背後。」水月的臉上露出了詭祕的一笑。「不過那個陳君不但是個負心漢，而且還是個徹頭徹尾的陰險小人呢。」

「咳咳……什麼？」

「嗯，就是字面上的意思啊。」水月放下了茶壺，露出了認真的表情。「這整起事件從頭到尾，就是陳君搞的鬼。」

聽到水月這麼直接指責自己的好朋友，呂敬光的表情不禁一沉。「水月小姐，請妳小心用詞，畢竟這可是非常嚴厲的指控，特別是妳指控的對象，是我的朋友。」

然而呂敬光臉上的表情變化，絲毫沒有嚇到身材嬌小的水月。

「呂少爺還真是個重情重義的人呢，嘻嘻，和呂少爺相比，陳君實在沒有資格當你的朋友。」水月拍了拍自己的胸，自信滿滿地說：「妾身當然不是隨便說說，不然也不可能會因為推理，當上頭牌藝妲了。」

「……好吧。」聽到水月這麼說，呂敬光有點被說服了。「那麼可以和我說說妳的推理嗎？」

「好的，從呂少爺的描述聽起來，陳君他一直掩飾得很好，也難怪呂少爺會被騙了那麼久——除了一個疑點。」水月舉起了一根手指頭。「那就是，他怎麼會知道當初來找你的那兩個警察名字？」

呂敬光愣了一下，而這樣的反應自然是逃不過水月的眼睛。

「就算他真的和警界的人很熟好了，我也不認為陳君連派出所的兩個小警察的名字都能記住。」水月開始滔滔不絕地解釋了起來。「這樣一來，就只有一種可能，某人告訴了他這些名字。」

「妳是說，陳君他請警界的人告訴他承辦員警的名字嗎？」

「有這種可能，但這樣要動用的關係很多，我很懷疑陳君會這麼做。」水月搖搖頭，給出了答案。「我想，是杉田先生和太太，也就是房東一家告訴他的。」

「怎麼可能？」呂敬光不由得驚呼著，但是水月依舊繼續說下去。

「這就要講到了第二個疑點，為什麼房東他們的反應會那麼冷靜？」水月舉起了第二根手指。

「就算是懷疑你，不想和你見面。但光是你常常去找他們，已經構成讓他們報警的條件了。」水月微微一笑，接著說：「況且假如真的懷疑你，讓警察把你抓起來，不是才能逼問出杉田小姐的下落嗎？」

「呃……」聽到水月的推論，呂敬光不由得發出了這樣的聲音，並開始漸漸認同起了水月的觀點。

「而且這兩邊雖然都沒碰面，可是其行為背後的動機卻是一致的，那就是要讓你快點離開，我想，這是因為他們私底下已經安排好了，有了共識。」水月的這番話，引起了呂敬光的好奇。

「共識？什麼共識？」

「那就是賴掉你的婚約，讓杉田小姐和陳君能夠結婚！」水月一開口，就說出了這麼驚人的一句話。

呂敬光張大了嘴巴，驚訝地說不出話來。

但是水月像是沒有注意到一樣，繼續滔滔不絕地說了下去。

「你說過，陳君家裡很有錢，那我想，這大概就是杉田家決定拋棄婚約的原因，因為比起和你結婚，和陳君結婚還能拿到更多錢，剛好陳君對自己的未婚妻也不滿意，所以雙方一拍即合，就促成了這個計畫。」

「首先是讓杉田小姐失蹤，好能和呂少爺你保持距離，而失蹤的話，不報警就太可疑了，所以才會有警察來找你的那一幕。這時，就是陳君出場的時候了，他出面替你做保證，好讓你不會被關進牢裡……」

「等、等一下。」呂敬光連忙打斷了水月的話，急急地問：「那既然這樣，為什麼不直接讓我被警察抓走就好了，反正是要和我保持距離，為何要大費周章地把我騙走呢？」

「因為太麻煩了啊。」水月的這句話，讓呂敬光當場閉上了嘴。「假如真的把你抓走了，那到時候杉田小姐出現的話，就不得不解釋你被關的原因，若誣告你是綁架犯，就可能會被發現這整齣失蹤案是自導自演；若說你是無辜的，那就無法讓杉田小姐和陳君合情合理地結婚了。」

說到這裡，水月伸出了手指，指向了呂敬光。「總而言之，最好的方法，就是讓你回來！這樣一來，就能說你解除了婚約，自己回國，而杉田小姐就能和陳君結婚了。」

「這……」呂敬光想說些什麼，卻又什麼話都說不出來。水月的推理對他來說雖然難以相信，可是聽起來卻又相當合情合理。

「呵呵，你不用現在就相信我的推理。」彷彿看出呂敬光的兩難，水月微微一笑。「不過我想呂少爺應該很快就會得到證據了，要是妾身的推理無誤，陳君和杉田小姐應該會在呂少爺回來後就舉行婚禮。」

聽到水月這麼說，呂敬光張了張嘴巴，卻發不出半點聲音，彷彿被什麼掐住了聲道，不過，就在這時，一旁的落地鐘突然發出了「咚、咚」的聲音。

呂敬光趁機站起了身，戴上了帽子。「時間很晚了，那麼我就先離開了，不必送我。」

「好的，歡迎下次再來，呂少爺。」

呂敬光走到了門口，可是卻突然停下了腳步，轉過頭看向水月，一副欲言又止的表情。「那你覺得，彩香她是被迫參與這個計畫的嗎？還是其實……」

後頭的話，呂敬光沒有說出來，不過水月自然是能理解。「這個嘛……雖然很難說，不過我認為杉田小姐是自願的，因為雖然呂少爺那段時間很忙，沒時間去找她，但她也沒來找你，可見她從那時開始，就已經開始在躲著你了。」

水月的答案，毫不留情地戳破了呂敬光的幻想，但他還是忍不住提出其他的可能。

「會、會不會是她被家裡人關著，所以沒法出來見我呢？」

「有可能。」水月的話讓呂敬光一時充滿了希望，可是下一句話馬上就讓呂敬光有如墜入冰窖。「但機率不高，畢竟陳君要追求她，先前不可能一點跡象都沒有，況且……」

說到這裡，水月瞄了一眼呂敬光，才把接下來的話說出來。「而據呂少爺所說，你們幾人常在一起，可是她卻絲毫沒有把陳君和她的關係告訴呂少爺，所以妾身認為早在一開始，杉田小姐就在和陳君私通，她甚至很可能就是這個計畫的主謀，因為這個計畫應該是熟知呂少爺個性的人策劃的，而在那裡，最了解呂少爺的人就是她了。」

聽完了水月的推論，呂敬光的臉一紅一白的，腦袋裡更是亂糟糟的一片——雖然水月的推理聽起來合情合理，但是她這樣直接指控自己的未婚妻，或者該說是前未婚妻，還是讓他一時之間難以接受。

「……抱歉，我不知道自己該說什麼，告辭了。」他這麼說完，就戴上帽子，快步離開，差點沒聽到水月的最後一句話。「不好意思讓您不快了，要是呂少爺還想談談，隨時都歡迎來找妾身。」

◇◆◇

「客人！客人！已經到了。」人力車伕這麼叫著呂敬光，這才把他從思緒中給拉了回來。

「嗯？啊啊，不好意思，我在想事情。」呂敬光從口袋裡拿出錢包，掏出了一張鈔票，遞給了人力車伕。「不用找了。」

「客人，您還好嗎？」人力車伕看著呂敬光一臉恍惚，忍不住這麼關心，而呂敬光只是搖搖手，搖搖晃晃地下了車。

結果他一個踉蹌，差一點沒跌倒，幸好人力車伕連忙扶住了他。

「客人剛才是在春山閣喝太多了嗎？」人力車伕似乎是有過經驗，並自以為是地說了起來。「雖然知道客人您應該是很高興，不過喝太多也不太好啊。」

「啊啊，抱歉。」雖然被誤會了，但是呂敬光也無心解釋，就讓人力車伕扶著他，走向了屋子。

兩人眼前的房子，是一棟兩層樓的仿巴洛克式民房，外頭可以看得見大大的拱窗，窗戶上頭還有水仙花的雕刻，而屋頂最高處女兒牆上的匾額中，還有個大大的「呂」字。

「客人您家還真是豪華啊，沒想到年紀輕輕就住得起這種房子，真了不起。」

「哪裡……這棟房子其實是父母留給我的，而且一樓是叔父的店面，我只是暫居二樓。」

「等我一下。」兩人走到門口，呂敬光從懷中拿出鑰匙，打開了一旁的鐵門，後頭正是通往二樓的樓梯，不過就在這時，他突然聽到了一樓電話響了起來。

「那我先走了啊，客人上樓時還請小心。」人力車伕這麼說，呂敬光揮了揮手，並推開門，走進了一樓。「奇怪，怎麼會有人在這個時候打電話過來，那麼晚了，不會是叔父的客人吧……喂？」

呂敬光接起了電話，並開始和對方這麼談話。「嗯……喔喔，是前輩啊，你怎麼會知道這支電話，是我先前給你的嗎？好啦，你那麼晚打電話來有什麼事……什麼？」

「等一下！」呂敬光和話筒另一頭的人聊天，然而聊著聊著，他的表情開始逐漸變得凝重了起來，最後，他甚至連鎖門都來不及，就從房子裡衝了出去，叫住了正要準備離開的人力車伕。「我有個地方，現在得立刻去一趟！」

「……好吧。」雖然天色已晚，路燈已經都亮了起來，可是看到呂敬光臉上的表情，人力車伕還是抬起了車，準備做這晚的最後一趟生意，問了一句。「客人您要去哪？」

「春山閣！」呂敬光毫不猶豫地回答了這三個字。

◇
◆
◇

「不好意思，我有要事要找水月小姐，請問她在哪？」一進到春山閣，呂敬光便連忙抓住僕役問道。

雖然春山閣依舊燈火通明，但現在早就已過了半夜，來到了凌晨三、四點，就連那些徹夜不眠的客人們也即將散去，準備回家，因此呂敬光的舉動也引起了周圍人的好奇目光。

「呂少爺稍等一下，我去問問水月小姐是否有空見您。」僕役依舊禮貌地這麼回道，隨後就放下手邊的打掃工具，快步朝樓上走去。

呂敬光站在原地，感覺自己的心跳在撲通撲通地跳，他來回踱步，想要藉此平復剛才那個消息帶給他的震撼。

「呂少爺，水月小姐請您直接上去。」可是他還沒整理好心情，剛才離開的僕役就小跑步過來，又補充了一句。「不好意思，水月小姐要您一人上去，我就不帶路了。」

「沒問題，我自己去。」呂敬光心領神會，點了點頭，就邁開步伐，走向樓梯。

順著剛才的路，呂敬光很快來到了六樓，並進到了房間，而水月正坐在那邊，微笑地看著他，就和離開的時候一模一樣。

「妾身就知道呂少爺會來，但沒想到呂少爺來得那麼快。」水月拿出了茶杯，倒了一杯茶。「這是剛才泡的茶，雖然已經涼了，不過我想呂少爺應該不會介意吧。」

「嗯。」呂敬光順著水月的指引，接過了茶並坐了下來。「不好意思那麼晚跑來見妳，可是我剛才接到了一通電話。」

「喔，電話？」

「沒錯，那是打到叔父的店裡，所以一開始我覺得很奇怪，因為不太可能會有客人會在這種時間打電話，不過當我接起來時，才發現是楊君。」

「楊君……難道是在海外和你與陳君住在一起的那位嗎？」

「就是他，他用公共電話打給我的……」說到這裡，呂敬光突然停了下來，過了一下才像是下定決心一樣地說：「他那麼晚打給我，就是因為下午在港町那邊看到我的樣子後，猶豫了許久，才決定告訴我真相，那就是杉田小姐確實是私下和陳君交往著！」

「一切就如同妳所說的那樣，杉田小姐的失蹤，只不過是一場戲而已，而在我離開之後，她就立刻出現，並和陳君結婚了！」

聽到呂敬光這麼說，水月一時間默默無言，最後才緩緩地說。「有的時候，妾身也會很討厭自己的推理，雖然妾身靠著這個能力變成頭牌，但也因此看到了許多令人痛苦的事……呂少爺，你還好嗎？」

呂敬光並沒有回答，取而代之的，是他突然刷的一聲，猛然站了起來，他緊緊地握著拳，拳頭還在微微顫抖著。

「對不起，水月小姐。」出乎意料的，他向水月低下了頭。「剛才真是太失禮了，我該相信妳的。」

「呂少爺……」

「其實，我心裡也隱約知道，彩香……不，杉田小姐和陳君的關係非比尋常。」呂敬光又繼續說：「我以前就曾經在她身上聞到過山茶花的香水味，那正是陳君在百貨公司買的禮物！但我還是……還是忍不住沉溺於那一絲溫柔……」

呂敬光的話還沒說完，水月就也突然地站了起來，爬到了沙發上，一時間呂敬光得要抬頭，才能看到水月的臉。

「水月小姐？」

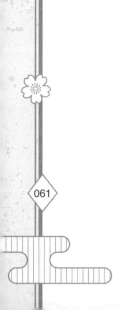

「嗯，這樣的高度正好。」水月用溫柔的聲音回應了呂敬光的疑問，呂敬光還沒搞懂水月的意思，就感覺到一隻溫柔的小手，輕輕地撫摸著自己的頭。

「辛苦了，心裡一定很難受吧。」水月溫柔的聲音，讓呂敬光感覺自己的心裡有某部分融化了。「你真的很努力了，我喜歡像你這種有勇氣接受真相的人喔。」

「水月小姐……」

「對了，既然都說到這裡了，妾身就繼續推理下去吧。」水月說：「陳君和杉田小姐的婚姻，一定不會快樂的。」

「……為什麼？」

「陳君是個眼高手低的人，即便有很多錢，但卻沒有將夢想徹底貫徹的決心和能力，而杉田小姐更不用說，既然會背叛你，那自然也會背叛陳君，我想她在外頭可能還有好幾個男人吧。」

「……妳真厲害。」聽到這裡，呂敬光挺直了背，雙眼看著水月，並說：「楊君確實告訴我，根據他在海外的朋友所說，陳君一直找不到工作，整天就是去酒吧喝個爛醉、抱怨，而杉田小姐也是在很多男人之間周旋，最近還又失蹤了，大家都謠傳她和別的男人私奔了。」

「果然是這樣，有一就有二啊。」水月用愉悅的語氣這麼說，從沙發上跳了下來，並向呂敬光招了招手。「過來，妾身有個東西想給你看。」

呂敬光雖然還有些困惑，但腳卻不由自主地跟著水月移動，他們來到了一扇窗戶前。

此刻窗戶外頭的街道依舊是一片漆黑，只有少數幾盞路燈散發著微弱的光線，路上更是空無一人。

但是很快，風景有了變化。

遠方開始逐漸明亮了起來，天空從漆黑逐漸轉為一種奇異的藍紫色，一道耀眼的陽光照射在街道上，打破了黑暗，只剩下被拉長的影子，但慢慢的，隨著金黃色的太陽升起，影子也不斷地縮短，最後一一消失。

「妾身很喜歡這裡日出的景色。」兩人默默地看著這一切，最後還是由水月率先打破了沉默。「因為這樣的景色，總是能帶給妾身希望，好像不管過去有多黑暗，新的未來都會是像這樣充滿光明的。」

「水月小姐……謝謝妳。」呂敬光看著水月的側臉，在微曦的晨光下，水月的眼睛閃閃發光，不知為何，呂敬光覺得此刻的水月，和最初在酒會的燈光下所見到的水月判若兩人。

他覺得自己更喜歡此刻的水月。

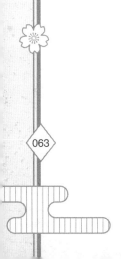

「嗯？怎麼了？」似乎是盯著太久，水月轉過頭來，微笑地這麼問呂敬光。

「呃……啊，雖然說不上是這片景色的回禮，不過我能不能請妳吃頓早飯呢？」呂敬光連忙轉移著話題。「雖然只能簡單吃點小吃就是了……」

「真的嗎？其實妾身比較喜歡小吃呢！」聽到小吃，水月的眼睛亮了起來。「其實每天都在吃那種大菜，妾身早就膩了。」

「那真是太好了。」呂敬光鬆了一口氣，水月牽起了他的手，拉著他向外走去，同時也興奮地說了起來。「小販們這時應該也已經出來了，對了，街口李爺爺的豆漿和麵茶非常好吃呢，呂少爺有機會的話，一定要嘗試看看……」

第二章

仕紳院奇案

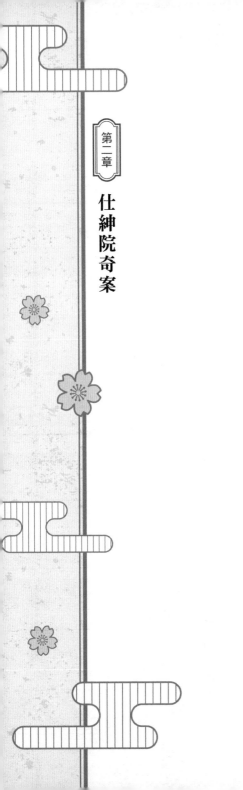

「早安，呂少爺，昨天晚上，雨下得可真大啊。」一名春山閣的僕役對呂敬光這麼說。

在水月解開了呂敬光的心事後，呂敬光對水月多了一份欣賞與尊敬，時不時地就會來春山閣找她，而僕役們也都知道這一點，每次見到呂敬光，就會親切地和他打招呼。

「是啊，還好今天早上雨就停了。」呂敬光點點頭，又問：「水月小姐在嗎？」

「一樣在六樓老地方。」僕役微微一笑。「您來的正是時候，水月小姐的三個客人才剛走。」

「嗯，你忙你的吧，我自己去就行了。」呂敬光已經和水月、僕役達成了默契，他來不需要通報，可以直接上樓去找水月。

他走過熟悉的路線，拉開屏風，直上六樓，走入了會客室。一進去房間，呂敬光就看到水月坐在麻雀桌前，桌上散著一副牌，看起來剛才似乎在這張牌桌上經過了一場廝殺。

「沒想到妳也會打麻雀啊？」呂敬光對水月這麼問。

「還行，剛才來的三個客人都喜歡打麻雀，妾身只是陪他們玩玩而已。」水月沒有起身，而是拿起了一張「梅花」牌，用手指輕撫著上頭的刻痕。

「原來是這樣。」呂敬光點點頭，但很快就又聽到水月補充了這麼一句。「不過其中一個客人牌品很差，玩不到一輪，贏了一點，就馬上藉口說有事，溜走了，其他兩人很生氣地追上去，害得妾身都沒好好玩到。」

「喔……」雖然水月的語氣平靜，不過呂敬光聽到後，卻不知為何有種大事不妙的感覺。

果不其然，他的直覺是對的，因為很快他就又聽到水月這麼問了一句。「對了，呂少爺，你們留學生也會打麻雀吧？」

「呃……有時候是會一起打牌消磨時間啦。」呂敬光先是坦承，但很快就這麼補充了一句。「可是我對麻雀沒什麼興趣，所以沒打過幾次。」

「沒關係，至少基本的規則知道就好。」水月聽到呂敬光這麼說，眼睛立刻就亮了起來，快速地洗牌。「那麼要不要和妾身玩一局呢？」

看見水月的動作那麼熟練，呂敬光有些緊張了起來。沒想到水月外表雖然稚嫩，卻那麼好勝。他的牌技不好，牌運更差，因此他對麻雀從來就沒有好感，可是見水月這麼興致盎然，他實在沒法把拒絕說出口。

「這裡只有我們兩個人而已。」

「不要緊，我們可以玩二人麻雀。」呂敬光試著掙扎一下，可惜他話音剛落，水月就立刻這麼回答，並連看都不看，光是用摸得，就把好幾張麻雀牌給挑出來。

「雙人麻雀？」

「喔，你不知道嗎？看來真的很少打呢。」水月聽到，就開始解釋了起來。「這也是海外的客人教我的，他說在他們那裡，有些人會打雙人麻雀，也就是沒有北家、西家……」

水月正想要解釋，突然一陣沉重且急促的腳步聲從樓下傳來，打斷了她的話，這讓呂敬光在鬆了一口氣的同時，又感到幾分奇怪。

這個房間的隔音做得很好，樓下的聲音基本上都傳不上來，因此會聽到腳步聲，就代表有人已經進來了六樓，且正在爬樓梯。

可是他剛才一進春山閣，就已經和僕役搭過話了。一般來說，僕役是不會在藝妲接待客人的時候，讓另外的客人進來的，就算是有蠻不講理的客人硬闖，僕役也應該會勸阻才對，可是除了腳步聲，他卻聽不到其他聲音。

這讓他感到幾分詫異，不知道這個不速之客到底是誰？當他還在猜想時，門就被砰的一聲打開了。

一名穿著全套警察制服的中年男子走了進來，中年男子身材高大，留著山羊鬍，黑框眼鏡底下藏不住的是那雙銳利的眼神，胸前金色的警徽閃閃發光，不管從哪個角度看，都頗具威嚴。

呂敬光心中暗自一驚，因為按照法律，打麻雀雖然無罪，可是利用打麻雀來賭錢就有罪了，所以打麻雀只能在特定的麻雀館裡才能打，就連在家裡也是不被允許的，像他們現在這樣，這位警察完全可以依法逮捕他們。

不過就在呂敬光還在擔心的時候，水月率先開口了。「岡部大人您好，今天又是什麼風把您給吹來了？」

「這一位是誰？」岡部看向了呂敬光，並這麼問。

「這位是呂敬光少爺，就是那位呂老闆的姪兒，也是妾身的客人。」水月開始介紹，而岡部則一本正經地脫帽，向呂敬光敬禮，並自我介紹了起來。「呂少爺你好，我叫岡部信之助，叫我岡部就行了，如你所見是一位警察，也是水月小姐的常客。」

「你好……」知道水月與岡部認識，呂敬光鬆了一口氣，但很快又緊張了起來。因為這還是他第一次被警察用這麼正式的禮儀問候。

「對了，這是一點小意思。」岡部轉向水月，突然拿出了一個紙袋，紙袋上頭印著知名百貨公司的名字。「這是從海外剛進的高級化妝品，現在市面上很多貴婦都搶著要呢，我還是動用了一點關係，才買到手的。」

「哎，你放那邊吧。」水月指了一下呂敬光面前的桌子，同時也讓呂敬光心頭一震。自己從認識水月到現在，好像從來沒有買過東西給水月，雖然水月每次都拒絕了，可是岡部的禮物還是讓他有一種難以言喻的焦躁感。

「說真的，這些化妝品妾身又用不到。」但是水月立刻這麼說，將呂敬光從焦躁的思緒中拉回現實，而岡部則是搔搔頭。

「沒辦法，我又不知道妳喜歡些什麼，不過妳幫了我那麼多忙，不送禮又難以表達我的感謝之意。」

「是嗎？」水月微微一笑，隨即轉移了話題。「對了，先前的那個銀行大盜，後來怎麼樣了呢？」

「抓到了，託妳的福。」岡部將手中的袋子放在桌上。「正如妳所言，這整起事件都是經理自導自演，那名經理是為了償還賭債，才特意營造了有人入侵的假象，我們抓住了經理，也順利地找回了被盜走的黃金。」

「那真是太好了。」水月點點頭，臉上突然又露出了一抹惡作劇一般的笑容。「那麼今天又是什麼『懸案』難倒了我們的巡查大人呢？」

「還真是瞞不過妳啊……」岡部苦笑，但很快就又望向了呂敬光，讓呂敬光嚇了一跳。「我可以先離開，沒關係……」

「……無妨，既然是呂老闆的姪兒，那麼這個案件告訴你應該也沒關係。」岡部思考了一下之後，很快就做出了判斷，而這也激起了呂敬光的好奇心。

「和叔父有關？」

「是的，我記得呂老闆去年因為捐了不少錢，所以獲頒仕章吧。」說到這裡，岡部停頓了一下，才說：「這起案件，就發生在仕紳院。」

聽到岡部這麼說，呂敬光猛然想起來今天早上的頭條。「是今天報紙的頭條嗎？」他立刻問：「仕紳院發生了竊盜案，這還是史上頭一遭，對吧？」

「是的，雖然很丟臉，但這是事實。」岡部臉色沉重，點了點頭，又朝呂敬光問了一句。「您對仕紳院有多少了解？」

「仕紳院是為了回應社會運動人士的請求，讓本島人有機會參與政治而建立的機構，是吧？」呂敬光流暢地回答，但又說：「不過因為仕紳院成立的時候，我人還在海外讀書，所以雖然報紙上有記載，可是我還是有些不太了解這是怎麼運作的。」

「簡單來說，政府在推行政策之前，都必須諮詢仕紳院，獲得認可才行，裡頭還有不少重要資料或機密文件。」岡部點點頭，說：「此外，許多外國元首、使節來訪，也會前去拜訪或發表演講……所以這個案件才會那麼重要。」

說到這裡，岡部看向兩人。「上頭已經下令在案件有頭緒之前，調查內容絕對要保密，所以這次我還是花了不少力氣，才獲得來這的許可。」

「我絕對不會向別人洩漏的。」呂敬光連忙鄭重地這麼宣示，而水月則是輕輕一笑。「岡部大人來過那麼多次，應該不會不知道妾身的原則吧。」

「謝謝兩位的配合。」

「不過可以先跟妾身談談報紙上寫了些什麼嗎？妾身沒有看報的習慣。」水月轉頭看向了呂敬光。

「這個嘛……其實報紙上寫的也不是很清楚，我身上剛好還帶著剪報，好和朋友們討論。」呂敬光從懷中掏出了一張剪報，並開始朗讀了起來。

「昨天晚上，有不明人士趁著雨勢，躲過巡邏的警衛，闖入了仕紳院，偷走少量現金和物品，幸虧警衛及時發現，闖入者倉皇逃離，才沒釀成更大的損失，目前此案已由警界的明日之星吉田警部進行調查，相信不日即能將此膽大之賊緝捕……之後就是在做吉田警部的介紹。」

「這是故意的，新聞媒體很喜歡吉田警部，畢竟他長相相當英俊，大眾都喜歡看他，不過這也正好讓我們轉移大眾的焦點。」岡部拿出了一個牛皮紙袋，從中拿出了一張地圖。「事情是這樣子的，其實警衛根本沒發現闖入者，是直到第二天才發現有人闖入的！」

「什麼？」呂敬光瞪大了眼睛，立刻這麼問。

「沒錯，這整起案件都令人覺得相當古怪。」岡部慢慢地說：「可是不止這一點，不知是否為巧合，和報紙上的形容一樣，闖入者進入仕紳院那麼久，但卻沒有偷走太多東西，反而是做了一系列的……惡作劇。」

「惡作劇？怎麼會？」說到惡作劇時，岡部遲疑了一下，這讓呂敬光還以為自己聽錯了。就算再怎麼喜歡惡作劇的人，也不會冒著變成通緝犯的風險，跑進仕紳院這種國家機構裡頭惡作劇吧。

「……目前闖入者的意圖仍然不明，但其行為就像是一般的惡作劇。」和剛才的樣子相反，岡部這時語氣有些飄移，似乎就連自己也不太確定，與之相反的，是水月從容地靠在椅背上。「說明一下吧，闖入者到底做了什麼？」

「好的，那就請你們看一下這張地圖。」岡部攤開了地圖，開始一一指了起來。「這次闖入者入侵了仕紳院的一、四和五樓，除了五樓之外，其他兩樓主要是行政區，大多都是在那工作的職員辦公室，不過另外還有一些外駐單位，例如我們警察。」

「我們認為對方是從樹上爬進北面的窗戶，進而從三樓入侵，因為在那棵樹上發現了痕跡。」岡部指著北邊的一個點。「而在那之後，闖入者就四處移動，遊走在各區之間，並偷走了兩個香水瓶。」

「香水瓶？」呂敬光聽了之後愣了一下。「怎麼會有人大費周章地闖進國家機關，只為了偷兩個香水瓶？」

「咳咳，我說的是損失的部分，其餘破壞的部分還沒有說到，闖入者似乎大部分的時間都在故意惡作劇。」岡部解釋著，隨後又遲疑地補了一句。「另外還有一點奇怪的是，闖入者並沒有拿走所有的現金，像是有幾疊紙鈔還好端端的放在闖入者打開的抽屜裡，而且這種情況還不止一次。」

「喔？這可有意思了。」水月被這句話勾起了好奇心，而岡部則是點了點頭。

呂敬光則是更糊塗了，闖進國家機關，沒偷走所有的現金，卻偷走了兩個香水瓶，這到底是怎麼樣的惡作劇？

「首先是北面四樓的辦公室，闖入者在這裡偷了一些錢，但是金額不多。」岡部開始說明了起來，可是說到這裡，他又停頓了一下，才繼續說下去。「可是闖入者進入了一位名叫日向光太郎的課長的辦公室，並把抽屜裡頭好幾張藝妲名片給拿出來，不止攤在桌上，還拿到其他地方亂放。」

「噗！咳咳……」聽到這，呂敬光差點沒被自己的口水給嗆到，連忙拍起了胸，過了好一會才緩過氣來。「那些藝妲名片是日向課長的嗎？」

「……日向課長堅決否認，不過據一些職員私下透露，他確實常常光顧各家酒樓。」說到這，岡部忍不住嘆了口氣。

而這下呂敬光了解為什麼這件事不能見報的另一個原因，要是記者知道仕紳院的課長抽屜裡都是藝妲的名片，這肯定是頭版醜聞。

「哎呀哎呀——這位日向課長妾身也見過幾次呢。」水月在一旁微笑著接話。「每次喝酒之後，話就會變得特別多，還常常炫耀自己在仕紳院裡頭工作的情形呢。」

「咳咳，總而言之，這是北面的情況，再來是東面，同樣也是四樓。」岡部又指向了東面的地圖。「這裡是檔案室，所有的檔案都沒有缺失，不過奇怪的是，闖入者從一樓的掃除間拿出了好幾個水桶和一支竹掃把，放在了地上，又用粉筆在辦公室裡的黑板畫了兩條線，又在每條線上畫了三個圓。」

呂敬光眉頭皺了起來，和在北面課長辦公室的行為相比，闖入者在這裡的舉動更叫人摸不著頭緒，如果說把藝妲名片拿出來曝光還可以說是故意嘲弄仕紳院的話，把水桶和竹掃把拿出來就完全沒有意義了，總不會是要幫忙打掃吧。

「水桶裡面有任何東西嗎？」水月在一旁這麼問，可是岡部卻搖了搖頭。

「南面這裡發生的地方是五樓，所以先跳過。」岡部的手指之後直接往旁一移，就來到了對面。

「西面四樓這裡是最混亂的，闖入者在這邊丟了好幾張藝妲名片後，又放了幾張支票。」岡部又補充了一句。「有些支票是空白的，有些則是寫了幾萬元不等的金額，不過那些支票都是原本就在辦公室的支票，所以是空頭支票。」

「支票沒有缺少吧。」呂敬光一下子就想到了有可能是洗錢之類的金融詐欺，但岡部很快就搖了搖頭。

「沒有，經過盤點，闖入者並沒有拿走支票，只是留在那裡而已，而且也不會有人笨得去偷支票本，因為要去銀行兌現時一定會被抓。」岡部立刻這麼否認，又說：「還有，這裡還有好幾瓶香水被拿走了。」

「拿走香水？沒有偷走嗎？」水月似乎有了興趣，而岡部立刻補充。「是的，只是被拿出來而已，這都是因為那裡有一位女職員，她的興趣就是蒐集香水，另外，還有不少香水被倒在南面。」

順著話題，岡部終於手指終於移到了南面。「南面是唯一一個在五樓發生闖入事件的地方，闖入者進入後，在那邊倒了從西側偷來的香水，弄得那邊氣味很重，闖入者同樣也在地上擺了幾個水桶和支票，推測可能是挑釁。」

「嗯……」就算有地圖輔助，但呂敬光還是被這一連串看起來毫無邏輯的現場弄得頭都昏了，而水月似乎也有同感。

「光是這樣子聽，果然很難明白呢。」水月站起了身。「看來得要去現場看看才行了，妾身這還是第一次去那裡呢。」

水月的語氣有些興奮，或許是因為能夠以辦案的身分進入重要的國家機關，讓她相當開心，然而這時岡部卻搖了搖頭。

「對不起，我沒法讓妳進去仕紳院……先不論那些名片，這時讓藝姐進去都會引人聯想，我光是要獲得許可，來找妳討論這起案件已經很困難了，就算是平時，上頭也不可能允許一名藝姐進入仕紳院的。」

水月聽到後，沒有說話，只是拿出了一個茶壺和一個茶杯，並做出了倒茶的動作，之後送到岡部面前。「請用茶。」水月微笑地這麼說。

只是茶杯裡面並沒有茶。

「我知道你的意思，古話說：『巧婦難為無米之炊』。」岡部又從牛皮紙袋裡頭拿出了一疊東西。「不過剛好這次我們警察本署引進了外國來的新技術——那就是寫真！」

岡部拿出的正是一疊寫真照片，上頭分門別類地按照案件的現場、證物一一排列，呂敬光拿起了一張寫真照片，不由得嘖嘖稱奇了起來。

「真虧你們願意花那麼多時間、金錢在這上面。」呂敬光搖搖頭，回想起以前在海外去寫真館拍照時的情形。「要洗這些照片可得花不少時間，另外還有照相機、暗房和藥劑這些……這可花了一大筆錢呢。」

「為了打擊犯罪，這是必要的支出。」岡部的臉上露出了罕見的微笑，並將照片一一放在案發的地點上。「這樣一來，就算不進仕紳院，也彷彿就如同身歷其境了，對吧。」

「……妾身可不敢說得那麼果斷呢。」水月微微皺了眉頭，嘆了一口氣，並拿起了照片。「有些事情，還是得到現場才能明白……喔？」

「怎麼了，注意到什麼了。」

「沒想到日向課長常去東蓬萊、天溪、北滙芳和明楠珈琲店這四間啊，興趣真廣泛呢，『東、西、南、北』都到齊了。」水月看著這些藝妲名片，忍不住評論了起來。

「杏紅、碧桂這些前輩也都留下名片啦…………悅來居的美青？天喜珈琲店的林檎？沒聽過呢，應該不是頭牌吧……不過，都有這些人的了，為什麼沒有妾身的呢？」

「可能是因為他那時候還不需要妳的絕技吧。」看到水月有些不滿，呂敬光便安慰。「當然，現在可能就需要了，畢竟他需要有人幫忙推理。」

「那麼下一次就給他妾身的名片吧。」

「咳咳，兩位，請稍微專心一點好嗎。」看著兩人的相聲，岡部忍不住在一旁假咳了一下。

「不好意思。」呂敬光這麼說，同時又拿起了一張寫真照片。「這裡就是剛才說的西面對吧，散落的支票和名片還真多啊。」

「是啊，我們後來算了一下，有六張藝妲的名片，支票有十張。」岡部這麼解釋，之後從懷中拿出了一包菸，抽出一根，叼在嘴裡，並問水月。「怎麼樣？看出什麼了嗎？」

「呃……不好意思。」這時一旁的呂敬光面露難色，說：「可以不要吸菸嗎？我很討厭菸味……」

「喔？不好意思。」岡部把菸收回懷中。「我們警察常常吸菸，所以已經習慣了，不過沒想到你居然不吸菸啊，最好還是習慣一下比較好，畢竟你常來春山閣，這裡可不是禁菸協會啊。」

「謝謝，可是吸菸對身體不好，容易讓人氣喘、呼吸困難。」呂敬光卻搖搖頭，堅決反對。「不只這樣，吸菸還會改變一個人的嗅覺和味覺，讓人對味道遲鈍……」

「完全，搞不明白啊！」呂敬光的話還沒說完，一旁的水月突然就抱著頭，用可愛的聲音這麼抱怨。「果然光靠寫真照片還是不夠，還是少了些什麼……」

「……仕紳院是不可能讓妳進去的。」岡部看著水月，警告意味濃厚地這麼說：「發生事件後，現在戒備也加強了，要是隨意進去，可能會被當成闖入者抓起來。」

「你們來找水月，卻又不讓水月進去調查，這未免也太過分了吧。」呂敬光在一旁，忍不住不滿地站了起來。「課長可以在抽屜裡放藝妲名片，藝妲卻不能進去仕紳院裡頭，你不覺得這也太虛偽了嗎？」

「命令就是命令。」岡部搖搖頭，毫不動搖地說：「這也是上頭的考量，更準確地說，是吉田信光警部，想必你們也聽過這位警部吧。」

聽到吉田信光這個名字，水月和呂敬光互看了一眼。「聽過，報紙上常出現他的報導，還常常誇讚他是警界的明日之星。」呂敬光點頭。

「是的，再加上他們家是古老的名門望族，他本人也有仕章，是仕紳院的成員。」岡部點點頭，又說：「所以這一次主要是由他來調查，其實，這次南面五樓的辦公室就是他的辦公室，這也讓我們從旁協助的人更難說話。」

「這位吉田警部的為人怎麼樣？」水月突然這麼問：「他不像日向課長，似乎很少來春山閣這種高級餐廳呢，妾身只有在報紙上看過他。」

「他非常年輕，也很善於打扮，所以被上頭指派擔任對外的發言人，也因此非常重視自已的形象，是不可能來妳們這種……抱歉，我沒有批評的意思。」岡部道了個歉，水月只是微微一笑。

「沒關係，不過妾身並不是想要聽報紙上寫的那些。」水月突然話鋒一轉，開始直入核心。「而是他工作時私下的樣子，你和他一起工作那麼久，一定知道一些吧，而且若他真像報紙上那麼完美，你現在也不會過來找我了。」

聽了水月的話，岡部突然站了起來，可是他沒有走出去，而是在房間內開始踱步了起來，似乎是有什麼顧慮的樣子。

水月在一旁靜靜地看著，臉上依舊從容。過了好一會，岡部才下定決心。

「好吧，不過以警官來說，吉田警部的能力確實不錯，破獲過以前曾經流行的誘拐團，可是……」說到這裡，岡部面露難色。

「雖然這麼說不太好，但吉田警部自視甚高，常常聽不進其他人的意見，而且還常以自己名門的身分自豪，這也是另一個為什麼我無法帶妳進去仕紳院的原因——他是絕對不可能允許藝妲進去的。」

雖然沒有很明顯，可是呂敬光還是能聽出岡部語氣中有股淡淡的無奈，這也讓他消了氣。

「既然你說吉田警部負責調查，那麼你知道他的調查方向嗎？」這時水月在一旁突然發問。

然而，這個問題卻讓岡部的臉色微微一變。

「……吉田警部認為闖入者能夠那麼輕易地實施犯行，還沒被當天值班的員警發現，肯定是有內賊。」岡部用低沉的聲音這麼說：「於是他便調查當天值班的雇員，並且鎖定了那天最晚離開仕紳院，一名姓盧的雇員，吉田警部還把那名雇員送到了高等警察課去。」

「高等警察？那不是只有在走私這種跨國案件才會出動的特殊單位嗎？」聽到岡部這麼說，呂敬光大吃一驚。

「確實，照理來說，就算事涉國家機關，這種案子也輪不到高等警察出動。」岡部的嘴微微一撇，變成了「ㄟ」字型。「不過吉田警部似乎動用了關係，因為……高等警察他們的審訊技術非常有名。」

「太過分了吧。」呂敬光忍不住握拳而起。「只是因為那個盧姓雇員最晚下班，就把他當嫌犯，而且高等警察那群傢伙惡名昭彰，據說他們的審訊方式比古代的酷刑還要殘酷不是嗎？」

「……我知道你的心情，我也不能同意。」雖然呂敬光在岡部面前這麼批評警察，但同樣身為警察的岡部卻沒有發火，若是再仔細一看，還能看見儘管他臉上表情維持著平靜，但還是可以從聲音中聽到些許的憤怒。「這就是為什麼我明知道有那麼多不講理的要求，還特地來找水月的原因。」

聽完岡部的話之後，呂敬光也不知道該說些什麼，一時間，房間裡頭的氣氛降到了冰點。

最後，還是水月率先打破了沉默，她突然拍了兩次手，將兩人的目光吸引過來。「好吧，既然妾身不能進去仕紳院，那麼總能派助手過去吧。」水月這麼說。

「謝謝……不過不只是妳，其他藝妲也不能進入仕紳院。」雖然岡部道謝，但他還是立刻補充了這麼一句。

「不是藝妲，是一位身分非常『高貴』的人。」水月搖搖頭，並故意在「高貴」兩個字上頭加重語氣。「而且那個人還和仕紳院有些關係，所以一定沒問題的。」

「是誰？」岡部立刻這麼問，這時候水月緩緩地伸出了手，指了指房間裡的某人。那個某人，當然就是呂敬光。

「……我嗎？」他一臉錯愕，指向了自己，水月則是微笑地點了點頭。

◇◆◇

「在你進去裡頭之後，只能在我的監視下活動，千萬不要任意亂走，知道嗎？」岡部這麼對呂敬光說。

「知道了。」呂敬光忍住嘆氣的衝動，因為這已經是岡部不知道第幾次對他這樣說，他聽到幾乎都已經快會背了，沒想到岡部外表那麼嚴肅，卻也有像老人一樣這麼喜歡碎碎念的一面。

「這還是我第一次坐車呢。」為了不讓岡部再繼續碎念下去，呂敬光轉移了話題。

「汽車就連在海外也不常見，真羨慕你們警察可以常坐車啊。」

「哼，汽車不只價錢貴，要保養也不便宜。」岡部熟練地轉動方向盤，又說：「不過聽說最近有人已經在城內開了一家租車公司，將來汽車會越來越多，人力車和牛車會慢慢消失吧。」

「真難想像汽車滿街跑的樣子。」呂敬光看著他們超過的一輛牛車，這麼說：「不過這樣子確實是快多了，到仕紳院應該只要十五分鐘吧。」

「沒錯，對了，說到這邊，你到那邊的時候，千萬不要隨便和人說話。」呂敬光的這句話，讓岡部又回到了剛才的話題。「有些人雖然看不出來，但有可能是長官，另外……」

岡部又開始碎念了起來，可是呂敬光一句話都聽不進去，因為此時他的目光被眼前的建築給深深吸引住。

這是一棟五層樓高的建築，潔白的大理石圓頂在陽光下閃閃發亮，與紅色的磚牆形成對比，門口挑高的圓形石柱看起來氣勢恢宏，幾乎就和一旁的行道樹齊高，屋頂上的旗幟迎風飛舞，即便是隔著鐵柵欄，也能感受到那股氣勢。

這就是仕紳院。

汽車一路向前，警衛看到上頭的識別證後，便把柵門打開，他們則是駛了進去，繞過了正門口噴水池，卻一路沿著道路向旁開，最後停在了一棵有一個警察站崗的大樹前。

「我們到了。」岡部下了車，呂敬光隨即跟上，兩人走到了樹前，站崗的警察向岡部行禮。

岡部回禮，之後開始介紹了起來。「這就是闖入者用來入侵的大樹，你可以看到上頭還有腳印，而靠窗那一邊的樹枝也被折斷了。」岡部指著樹枝。

呂敬光順著看過去，果然看見了那一側的樹枝有些凌亂。

「根據測量，闖入者的腳長約為二十六點九公分。」岡部開始說明。「鞋底的花紋不常見，和市面上流通的鞋子都不吻合，我們認為應該是闖入者自行購買布料後，再請鞋匠縫製，而且車工有些粗糙……」

「等一下。」呂敬光有些手忙腳亂，他連忙拿出了一本筆記，但岡部制止了他。

「那些在提供給你們的資料裡都有，你可以再去找水月問。」

「啊，謝謝。」呂敬光道謝，但也忍不住說：「不過真的有必要從這裡開始嗎……」

「好不容易把你帶進來，當然要從頭到尾仔細介紹。」岡部正經地說，讓呂敬光對他又有了新的認識——沒想到在他粗曠的外表下，做起事來卻那麼認真講究。

「接下來，就是闖入者一開始進入的北面。」岡部帶著呂敬光，進入了仕紳院北面的四樓。「就如同我先前說明的那樣，這裡是行政區，仕紳們往往只會在一樓的大廳開會，或是在五樓的辦公室……」

「喂！我到底什麼時候才能進去辦公啊！」岡部的話還沒說完，一個聲音就突然在一旁這麼響起。

呂敬光轉頭一看，發現原來是一個穿著西裝的男人正在和一名警察爭吵著。男人身材略為肥胖，頭頂還有一點禿，可是氣勢卻咄咄逼人。

雖然男人非常無禮，可是平時人見人怕的警察卻是陪笑著。「真的不好意思，日向課長，可是您的辦公室是犯罪現場，因此現在還在調查……」

「馬鹿野郎！」日向課長罵了一聲。「你們這些無能的警察！犯人不是已經抓到了嗎？還有什麼好調查的！」

「那位就是……」

「沒錯，就是抽屜裡收藏了很多藝妲名片的課長。」岡部先是壓低聲音，向呂敬光這麼解釋，之後才清了一聲喉嚨，大步向日向課長走去。「咳咳，發生什麼事了嗎？」

「啊，前輩。」

「你就是這傢伙的前輩嗎？」警察和日向課長轉頭看向岡部，日向課長馬上就抱怨了起來。

「來得正好，我要進去辦公室拿一些需要的文件，可是你的後輩卻死都不讓我進去，仕紳院日理萬機，有那麼多重要公務要處理，萬一耽擱了，你們能負這個責任嗎？」

「造成您的不便真是不好意思，日向課長。」岡部先是道歉著，但很快地，就話鋒一轉。「不過負責保留犯罪現場，也是我們警察的公務，萬一出錯了，我們也負不起這個責任。」

「你這馬……」

「況且，保持現場，這是吉田信光警部親自交代下來的任務。」在日向課長還來不及破口大罵之前，岡部又補上了這麼一句。

「吉、吉田……」聽到岡部搬出吉田信光的名字，日向課長倒抽一口氣，發出了噗嘻的聲音，聽起來像是很害怕的樣子。「算、算了，我之後再找時間去問他！」

日向課長丟下這麼一句話之後，就氣沖沖地大步離開，而警察似乎鬆了一口氣。

「謝謝你，前輩，請用一根吧。」

「嗯，下一次遇到像這樣的情形，就要這樣……」警察掏出了一支菸，恭敬地遞給了岡部，岡部則是接過了菸，並開始聊了起來。

不過呂敬光卻沒有留下來加入對話，而是趁機轉身，往日向課長離開的方向悄悄走去。

這是因為在來之前，水月還特別要求他和相關人員談談，或許能從他們的口中得到更多資訊，雖然岡部堅決反對，但呂敬光還是快步向前，叫住了日向課長。「日向課長，請留步。」

「嗯？你是哪位？」日向課長轉頭看向了呂敬光，瞇起了原本就很細小的眼睛，並用警惕的語氣這麼問。

「我叫呂敬光，我的叔父去年獲頒了仕章，是仕紳院的成員。」呂敬光先是這樣簡單地自我介紹了一下，隨後又問：「剛才聽到了您與那兩位警察在吵架，他們實在是太過分了。」

「就是說啊！」一聽到有人和自己同一邊，日向課長立刻就猛然地點頭。「那群馬鹿，竟敢這麼無禮！」

「是啊。」呂敬光小心地承應，先前水月有稍微介紹過日向課長的個性，還一起討論過該怎麼套話，只是他沒想到居然會那麼有效。「聽說這次辦公室被弄得一團亂，而且您的東西還被拿出來……」

「嗯，因為這樣，害我還被上司狠狠地訓斥了一番。」日向課長眉間皺了起來，露出了苦澀的表情。「我說，雖然我確實是在抽屜裡放了幾張藝妲名片沒錯，可是並沒有那麼多！頂多才三、四張而已，其他的都不是我的！」

「真的嗎？」雖然呂敬光覺得他在說謊，可是日向課長顯然沒聽出來呂敬光語氣裡的懷疑。

「是啊，我看那些名片根本就是其他人抽屜裡的，只是這一次放到了我桌上，結果就害慘了我。」日向課長開始越說越激動。「每次都是我最倒楣，還得要替其他人擦屁股，你知道這件事之後，那些女職員是怎麼說我的嗎？她們常常私底下議論我是發情的河童！甚至還說下一次送茶時，要給我小黃瓜！」

「咳咳。」雖然呂敬光也覺得微禿的日向確實和河童有幾分類似，但還是強忍住了笑意。「原來是這樣，那麼關於這件事，您還知道別……」

「呂桑，我不是囑咐過你不要到處亂跑的嗎？」呂敬光還來不及多問，岡部的聲音就在一旁打斷了他們。

呂敬光轉頭一看，就看到岡部那嚴肅的表情。

「你、你們兩個是一伙的！」日向課長見到這個樣子，立刻氣紅了臉，而呂敬光見狀，知道自己是不可能再從對方那邊問到什麼了，只得嘆了口氣。「抱歉，我只是受不了菸味，所以就走遠一點而已。」

「我不會再抽菸了，所以請不要再擅自行動了。」岡部冷冰冰地說完後，就轉身離開，呂敬光只能快步跟上了他，沒理會背後日向課長的叫罵聲。「你們給我記住！馬鹿野郎！」

◇◆◇

「好了，這裡就是西面的犯罪現場。」他們站在一間辦公室的門前，岡部一邊和一旁的警察打招呼，一邊這麼介紹著。

他們在北面沒有特別發現到什麼，於是便來到了西面這邊，而由於剛才發生的事情，岡部幾乎無時無刻都在盯著呂敬光，以防他亂跑。

「正如我先前所說的，這裡是最亂的地方。」岡部這麼說，伸手握向了門把。「做好心理準備吧，咦？」

他推開了門，卻看到裡面有一個女職員站在一個檔案櫃前，似乎在翻找著什麼東西。

「這是怎麼回事？」岡部立刻大聲地這麼問：「這裡是犯罪現場，妳怎麼可以隨便闖入呢！山下小姐。」

對方的胸前掛著名牌，上頭寫著「山下智子」四個字。她的長相相當漂亮，有一雙嫵媚的鳳眼、小巧的鼻子和水潤的雙脣，除了這些之外，呂敬光還注意到對方身上傳來了一股淡淡的香水味。

「警官您好。」面對岡部質問，山下小姐卻是不疾不徐地回應。「我只不過是進來拿點東西罷了，別那麼緊張——我可是有獲得你們吉田警部的同意，他說反正都已經拍過照了，沒有必要再封鎖了。」

「妳……」岡部本來還想罵些什麼，可是一聽到山下小姐搬出了吉田信光的名字，也只能硬生生地把話吞回肚子裡，就像剛才的情況一樣——只不過，這次形勢顛倒了而已。

「可以請問一下嗎？」這時，呂敬光在一旁見到岡部居於下風，便插了一句話進來。

「哎呀——這位帥哥是誰啊？」山下小姐一見到呂敬光，就忍不住嗤嗤地笑了起來。

「妳好，我叫呂敬光，叔父前年剛獲頒仕章，請多指教。」呂敬光見狀，便露齒一笑，這讓山下小姐更加心花怒放了起來。「是那位呂老闆的姪兒嗎？沒想到不只人長的帥，還很有錢呢——」

「哈哈，過獎了。」呂敬光笑著說，並趁機問：「對了，山下小姐，我記得這次事件中，闖入者偷走的就是妳的香水瓶吧。」

呂敬光先前看過岡部提供的檔案，裡頭就有提到這一點，剛好對方現在人又在這裡，這麼一個大好機會，他自然是不肯錯過。

「想從我這邊套話出來嗎？可以喲——」山下小姐知道呂敬光的意思後，微微一笑。「沒錯，被偷的就是我放在辦公室的香水，不知道該說那闖入者很過分，還是有眼光呢——」

「原來如此，可以說一下妳被偷的香水有哪些嗎？」

「嗯……除了被偷的兩個香水瓶之外，另外還有其他五瓶香水被用光了。」山下小姐點點頭，意外地很爽快就坦白了出來。

「妳在辦公室放了七瓶香水？」一旁的岡部忍不住驚呼，山下小姐只是對他翻了一個白眼。

「化妝可是女人的武器，就像你腰間的配劍一樣。」山下小姐指著岡部的配劍。「放在辦公室裡又怎麼了，你們警察不也會把配劍放在局裡嗎？我可是經過上司同意的。」

「唔……」被這麼一頓搶白，岡部無話可說，只能繼續在一旁生著悶氣。

「那麼，那些分別是哪些種類的香水？」呂敬光又繼續問了下去，而山下小姐則是伸出了手指，開始一一回想起有哪些香水。

「嗯……我想想，有梅花、菊花、蘭花……」山下小姐每說一個，就舉起了一根手指。「另外還有四瓶是前年百貨公司的特展，以四季為主題，春天是櫻花和百合混成的香水，後韻還帶有一點淡淡的千里香氣味，夏天則是柑橘……」

「咳…咳！呂桑，不好意思。」看到山下小姐的說明似乎沒完沒了，岡部終於忍不住輕咳了幾聲，並說：「我們時間有限，不能在這裡久留了。」

「我明白了。」呂敬光點點頭，而山下小姐則是趁機對他眨了眨眼。「真可惜……要不然我們可以約在吃晚餐的時候，再慢慢聊怎麼樣？我今晚有空喔——」

「那太好了，那麼我們約在春山閣怎麼樣。」呂敬光立刻這麼回答。「其實我在替一位朋友調查這個案件，她是藝妲，所以不能進來仕紳院，要是妳願意過去和她當面談談，那就再好不過了。」

「呃……」聽到呂敬光這麼說，山下小姐的表情瞬間就僵在那邊。「啊，不好意思，我突然想到今晚還有別的事要做，真抱歉，還是下次吧。」

「真可惜，那下次一定要約，我會請叔父問妳的，畢竟他是仕紳院的成員。」呂敬光這麼說，山下小姐此時的臉色已經有點難看了。她沒有回答，而是快步離開。

「你真不會約女人啊。」岡部看著山下小姐離去的背影，搖了搖頭。「怎麼能邀她去春山閣呢？像山下小姐那樣的女人，肯定會嫌棄這種有藝妲的傳統餐廳，你應該邀她去珈琲店這種『摩登』的地方才行啊。」

「我知道，我是故意的。」呂敬光微微一笑。「我很討厭仕紳院這種瞧不起藝妲的作風，另外……我也忍受不了看著她這樣欺負那麼努力的岡部大人，雖然你剛才也是用相同招數，但那畢竟是為了要執行公務，不過她是為了自己的私事，這就說不過去了。」

「不用你幫我。」聽到呂敬光這麼說，岡部先是語氣有些粗魯地這麼說，之後才又緩緩地補上了一句。「不過……還是謝謝了。」

「不用客氣。」

「好了、好了！快點走吧！我們這才看完了一半呢。」岡部又催促了起來。

◇◆◇

「這裡是五樓，同時也是許多仕紳和高級官員們的辦公室。」他們來到了五樓，這裡的氣氛和四樓很不一樣，不只地上鋪著紅色的地毯，一旁的桌子還擺放著插了鮮花的鑲金花瓶，而或許也是這個原因，岡部壓低了聲音。

「我沒辦法帶你進去辦公室，所以只能在門口看看而已。」他一邊這麼說著，一邊帶著呂敬光，來到了一扇門前。

呂敬光看著這扇門，門是由檜木製作的，相當高級，可是原本檜木應有的香氣完全被裡頭傳來的香氣給掩蓋了，香氣十分濃烈，就算先前山下小姐說過有什麼香水，呂敬光卻完全聞不出來，只覺得刺鼻而已。

「嗯……看不出來有什麼特別的。」呂敬光忍不住捏著鼻子，因此聲音也有些改變。「我們還是離開吧，最後一站是東面的三樓吧。」

「沒錯……呃。」岡部轉身，但卻看到一個同樣穿著警察制服的男子，朝他們迎面而來。

男子身材高挑，長相英俊，有著高挺的鼻子和深邃的輪廓，他的眼神銳利，還帶有一絲傲氣，不只制服筆挺，胸前的徽章閃閃發光，身上還帶著一股濃濃的古龍水味，絲毫不遜於辦公室裡的香水味，給人一種菁英警官的感覺。

「吉田警部好！」岡部立刻挺直了背，向對方恭敬敬禮。

「嗯。」吉田警部則是隨意地回禮後，便問：「你們在這裡做什麼？」

「呃……」或許是面對上司，岡部一時間反應不過來，呂敬光見狀，就連忙替他找了個臺階下。

「您好，我叫呂敬光，我的叔父是仕紳院的成員，我過來這裡找他的辦公室，可是因為是第一次來，所以迷路了，還好有這位熱心的警官協助我。」

「喔？是新成員嗎？」吉田警部的目光轉移到了呂敬光身上，他高高抬著頭，視線往下地凝視著呂敬光，似乎是想要看穿他心中的想法，而呂敬光也不甘示弱地回看著他，岡部則是在一旁，努力板著臉，不要讓自己露出馬腳。

一時間，現場的氣氛變得有些緊繃。

「嗯……既然是第一次，那就難怪了。」過了許久，吉田警部才收回目光，相信了呂敬光的謊言。「要晉升為仕紳院的一員並不是一件容易的事，特別是對平民家族來說，更是辛苦，得要在各層面上多加努力才行。」

「……是啊。」呂敬光這麼說，吉田警部的語氣中帶有一股傲慢，讓人覺得很不舒服，特別是對方有意無意地在平民兩個字上加重語氣。

「咳咳，警部，您怎麼到這裡來了？」一旁的岡部連忙打岔，問：「辦公室還沒有清理完，氣味還很重呢。」

「是啊，這種廉價香水的味道格外熏鼻，特別是對我這種鼻子靈敏的人來說，不過，案件總算有進展了。」吉田警部突然語出驚人，讓岡部和呂敬光不由得驚訝地互看了一眼。

「有進展了？」

「嗯，那個盧姓雇員總算是招了，所以我得回辦公室一趟。」吉田警部一邊搖頭，一邊冷淡地說：「看來是因為對工作不滿，所以才做出這種惡作劇……」

「請、請等一下！」還來不及等吉田警部說完，岡部就忍不住再度打岔。「確定真的是他幹的嗎？現在證據還很薄弱，會不會……」

「你是在質疑我的調查嗎？」吉田警部瞪大了眼，語氣也變得尖銳了起來，逼得岡部連忙否認。

「絕、絕無此事。」

「那就好，好不容易才讓這個案子告一段落，可不要再節外生枝了。」吉田警部打開了辦公室的門，皺了皺鼻子，但還是走了進去。「這味道真叫人受不了，快點叫人把這裡再打掃一次！」

之後，他就碰的一聲關上了門，留下呂敬光和岡部呆呆地站在走廊上。

◇
◆
◇

「那個吉田警部人也太狂妄了吧。」呂敬光和岡部走向了東面，呂敬光一邊走，一邊向岡部這麼低聲說。

「咳咳，他畢竟是我的上司。」岡部輕咳了幾聲，可是呂敬光依舊說：「好吧，可是我們還是得要阻止他，雖然我不認識那個盧姓雇員，可是我實在不覺得會是他，他都會乖乖留下來加班了，若是想要惡作劇的話，怎麼可能會拿自己吃飯的工作開玩笑呢？」

「我也同意，我其實見過那個雇員幾次，算是有些認識，他叫盧日暉，在我的印象中，他的個性相當膽小懦弱，不太可能會犯下這種重大案件。」岡部這時也點了點頭。

「原來如此，那個吉田警部的個性又是如何呢？」呂敬光又順便問了一句。「吉田警部會不會因為是貴公子的關係，所以對一般人的生活不了解，才會一口咬定加班就是有嫌疑。」

「……我不認為，雖然吉田警部確實常擺架子，常把平民之類的詞掛在嘴邊。」岡部開始回想了起來。「不過別看吉田警部那個樣子，他每天一下班後，就會往港町跑，對於一般人的生活還是多少有所了解的。」

「喔？為什麼他會去港町？」呂敬光被勾起了好奇心，港町那邊雖然熱鬧，但是大多都是夜市或魚市場，要不然就是像他這種剛從海外回來的人，如果只有一、兩次也就算了，可是天天去，這就讓人感到好奇了。

岡部環顧四周，才比了個手勢，要呂敬光靠近一點。「因為他喜歡賭博，而最近因為掃蕩的關係，所以賭場都會開在船上躲避掃蕩，而他每天晚上都會跑去賭，到早上才來上班，也因為沒時間洗澡，所以才擦古龍水掩蓋氣味，這已經是幾乎每個警察都知道的祕密了。」

「真的嗎？」呂敬光大吃一驚，而性格一向穩重的岡部則是大力地點了點頭。「沒錯，他之所以被調來這，也有一部分原因是上頭怕他在國內被發現的話，事情不容易被壓下來，在本島，我們比較能控制記者……喔，我們到了，就是這裡。」

他們來到了一間房間面前，岡部打開了門，呂敬光走了進去，環顧了四周，夕陽從窗外照進來，將房間內所有的東西都拖長了影子。這裡的房間沒有什麼特別的，除了地上擺著的一堆水桶和竹掃帚證明闖入者曾經來過這裡。

「這些水桶是先前闖入者留下來的水桶嗎？」

「沒錯……正如你所見，這些都只是很普通的水桶而已。」岡部又解釋了起來。

呂敬光仔細地觀察周圍環境，在聽了吉田警部的話之後，他決心要找到能夠幫助水月破案的任何線索，便仔細地從這個水桶看到另一個水桶。

「你覺得水桶的排列有含意嗎？」呂敬光問：「像那兩個水桶是排成直的一條線，

可是那三個水桶是排成斜的一條。」

「……這是個好問題。」岡部摸著下巴，開始思考。「可是闖入者這麼做又是為了什麼？」

「這……」這個問題把呂敬光給問倒了，他左思右想，卻始終都沒想出一個好答案。

「……時間不早了，我想今天就先到這吧。」看著呂敬光為難的樣子，岡部看了一眼懷錶，便這麼說。

呂敬光嘆了一口氣，難掩失望的心情，看來這一次是白來了。雖然問到了一些當事人，可是似乎沒有找到什麼有用的線索，他忍不住想，要是水月在這裡就好了，以她的觀察力，或許能解開謎團……

然而，當他嘆完氣之後，又深呼吸的時候，他突然察覺到了異樣。

「等一下！」他叫住了岡部，隨後大步朝水桶走去。之後，他突然蹲了下來，像狗一樣開始聞起了水桶。

「你在幹什麼？」岡部這麼問，他在一旁看的是目瞪口呆，可是呂敬光卻對他招了招手，示意他過來。

「這個水桶裡頭有香水味。」呂敬光一邊說，一邊拿起水桶又仔細地聞了一下，以作為確認。「沒錯，剛才因為先到吉田警部的辦公室，那裡味道太重，所以一時間沒有聞出來，可是這裡也有一股淡淡的香水味。」

「香水味？」岡部的好奇心也被勾了起來，他走了過去，學呂敬光那樣聞起了水桶。「沒有啊……嗯？等等，好像有……又好像沒有？」

岡部一開始什麼都沒聞到，但在多聞幾次之後，他聞到了一股若有似無的香氣，香氣很淡，讓他一時間無法確定。

「味道很淡，用的香水量應該不是很多，再加上你有抽菸，嗅覺沒有那麼靈敏。」呂敬光很肯定地說：「可是每個水桶都散發出一樣的味道，肯定錯不了，雖然不太確定，不過聞起來像是梅花的味道。」

「香水嗎……可是為什麼會在這裡？」岡部露出了困惑的表情。「所以闖入者也把偷來的香水用在這裡嗎？這是為什麼？」

面對岡部的問題，呂敬光只是搖了搖頭。「不知道，可是我知道有個人一定知道。」

呂敬光這麼說。當然，不用問，岡部也知道他說的人是誰。

◇◆◇

「原來如此，這樣一切都說得通了。」果不其然，當他們回去，把在仕紳府發現到的一切全部告訴水月，特別是說出水桶裡的香氣之後，坐在沙發上的水月立刻眼神一亮。

「所以知道誰是闖入者了嗎？」岡部立刻急急地這麼問，可是水月卻微笑地搖了搖頭。

「不知道。」水月先是這麼說，之後頓了一下，像是欣賞完岡部臉上的表情後，才緩緩地開口。「不過妾身已經知道闖入者的用意是什麼，還有誰會知道闖入者的身分了。」

「闖入者的用意？」岡部露出了狐疑的表情，而水月則是站了起來，並順便解答了他的問題。「沒錯，闖入者在各個房間留下來的痕跡都只有一個目的，那就是傳達訊息。」

「為什麼要那麼麻煩？」呂敬光忍不住問，而水月則是微微一笑。「因為闖入者要告知的人身分特殊，傳達的訊息也不是隨便可以讓他人知道的，所以才特地用這種方式吧，至於告知的人是誰……妾身想先解釋訊息後再說。」

水月緩緩地往房間內部走去，呂敬光和岡部互看了一眼，兩個的臉上都寫滿了驚訝，因為水月走向的地方正是麻雀桌！

「闖入者留下訊息的手法非常巧妙，要不是聽到呂少爺說到水桶裡的香水味，妾身也猜不出來。」水月一邊說，一邊從麻雀桌上拿起了一張牌。「首先是這種牌，可以叫餅子，也可以叫筒子，對吧。」

水月的小手中，拿著的正是排成一條斜線的三筒，呂敬光不由得張大了嘴巴，終於了解了水桶的排列含意。

「再來同樣是黑板裡畫著的畫，畫了一條線和三個圓圈。」水月翻找了一下，很快就找到了想要的牌。「這就和麻雀裡頭的條子是一樣的，圓圈代表的是打結，之所以不畫一條，可能是因為鳥比較難畫吧。」

「所以，那些寫著幾萬元的支票，代表的就是萬子。」呂敬光猛然拍手，並這麼大喊，而水月則是對他讚許地點了點頭。

「那麼空白支票呢？」岡部立刻這麼問，而水月回答的速度也同樣快速。「我想代表的是白板吧，就是沒有寫字的字牌，有些白板會完全不刻任何東西。」

「……原來如此。」岡部點點頭，但很快地就又問：「那麼，藝妲的名片代表的會是什麼？」

「首先是名字，杏紅代表的是紅中，同理，林檎是蘋果，也是紅色。」水月摸索了一下，之後一一找出。「碧桂的話是因為碧有青綠色的意思，和美青一樣代表綠發或青發。」

「原來如此！這就是為什麼日向課長說有些藝妲名片不是他的！」呂敬光這時才聯想到日向課長說過的話，那時候還以為他在說謊，沒想到很有可能是事實。「闖入者大概知道日向課長的抽屜裡有藝妲名片，但不知道有哪些，所以才故意自己偷帶一些。」

「搞不好有些名字還是亂編的呢，不然不可能那麼湊巧。」水月點點頭，又繼續解釋。

「再來就是藝妲的名字雖然無關，可是卻是從東蓬萊、天溪、北匯芳和明楠珈琲店這四間出身的，剛好對應的就是『東、西、南、北』這四風牌，這也說明了為什麼仕紳院會是西面四樓最混亂的原因……」

「等一下。」岡部突然伸出了一隻手，止住了水月。「我突然想到一件事，如果說是麻雀的話，那應該是十三張牌吧，可是不只西面，其他地方並不是十三張，在西面，甚至有十六張藝妲名片和支票。」

「這是因為各地的麻雀規則都不一樣。」呂敬光一下就了解了岡部為什麼會感到困惑，連忙出面解釋。「在海外是十三張，可是在這裡，我們打的是十六張麻雀。」

「正是如此，更何況我想闖入者也沒有那麼多時間和代表物可以慢慢安排，所以只是標誌出了麻雀的各種牌。」水月一邊說，一邊伸出了手指，朝桌上指了一下，呂敬光很快就心領神會，將桌上的仕紳院地圖給拿了過來。

「謝謝你，呂少爺。」水月一邊道謝，一邊將地圖攤在麻雀桌上。「仕紳院的東西南北，剛好對應了打麻雀時的四家，而之所以選在四樓，可能是因為打完一圈是要四家都做過莊，同時也暗示著這局麻雀已經完結。」

「而最重要的就是西面。」水月拿起了寫真照片，一一講解。「林檎、櫻桃和阿莓代表三張紅發，小律、美青和柳卿代表三張青發，而空白的三張支票代表白板，所以……」

「是大三元！」呂敬光這麼驚呼，而水月則是點了點頭。

「沒錯，再加上兩張三萬、兩張四萬，和連續的六、七、八、九萬，有對子又有順子，已經可以胡牌了。」水月又說：「雖然不知道有沒有自摸、當莊家……但大三元的台數至少有八台。」

「北面就不說了，那邊只是闖入者取得藝妲名片的地方。」水月跳過北面，來到了南面。「南面有各種香水氣味，代表的就是花牌……」

「請等一下。」岡部舉起了手，打斷了水月。「花牌是什麼？」

「啊啊，海外的麻雀是沒有花牌的。」呂敬光立刻了解了原因，就開始解釋了起來。「花牌一共有八種，分別是四季的春夏秋冬，和四種花，梅蘭竹菊，拿齊八種花牌，稱為八仙過海，台數和大三元一樣是八台。」

「原來如此，所以東面的竹掃把代表的就是竹。」岡部點點頭，又問：「可是為什麼還要在水桶裡放香水呢？」

「因為麻將的規矩是拿齊七種花牌時，要是有一家拿到那張剩下來的花牌，拿齊七張花牌的那一家就可以胡。」水月解釋。「稱之為七搶一，台數和大三元一樣也是八台，這也是妾身一開始看不懂的原因。」

「原來如此，所以梅花香氣代表的是梅花牌，有兩張花牌扣在這，北面就無計可施了。」岡部點了點頭，但還是忍不住問：「所以有一家已經胡了……可是這是什麼意思？闖入者是要表達什麼？」

聽了岡部的問題，水月並沒有馬上回答，而是將寫真照片一一地攤在麻雀桌上。

「妾身認為，闖入者之所以故意用麻雀的方式呈現，是有特別意涵的。」水月說：「說到麻雀，常常就和賭博扯上關係，所以闖入者的目的不是為了別的，而是為了討債！」

岡部的眼睛猛然瞪大，身為警察的他，聽到水月的推理自然是不能坐視不管。

「妳剛才說闖入者之所以用這種方式傳遞訊息，是因為要告知的人身分特殊。」他尖銳地提問。「所以那個人到底是誰？為什麼闖入者要那麼麻煩？」

「在這四方之中，只有一個地方與眾不同，那就是南面。」水月指向了南面。「只有南面是五樓，這就是闖入者要告知的人，也就是吉田警部！」

「「什麼？」」呂敬光和岡部異口同聲地這麼驚呼，他們怎麼想也想不到，負責偵辦這個案件的人，就是闖入者的目標。

「……這是很嚴厲的指控。」岡部沉默了一會，之後才緩緩地開口。「吉田警部畢竟是我的上司，妳說他被討債，一定有原因吧。」

「原來如此，吉田警部喜歡賭博，在外頭可能欠下了大批賭債。」反而是呂敬光在水月的指點後，想通了這一切。「由於吉田警部的身分，所以賭場可能追不回來，畢竟要是逼太緊，吉田警部翻臉，派警察去掃蕩就糟糕了。」

「可是因為欠下的賭債實在太多，賭場嚥不下這口氣，才採用了這樣迂迴的方式。」呂敬光說到一半，水月幫忙補充。

「闖入者之所以闖入仕紳院，有兩個作用，一是確保吉田警部收到完整的訊息，因為他是仕紳院成員，這種案子一定會交給他負責的。」水月伸出了兩個指頭。

「二是威脅他，表示自己有能力做這種事，同時還能確保其他人不知道，畢竟賭場不會希望欠錢的賭客被調走，這樣就拿不回錢了。」

「光是這樣還不夠。」岡部搖了搖頭。「就算你們說的有道理，賭場是因為他是警察才用這種方式威脅他，可是除了他之外，其他警察也都看得到，闖入者要怎麼確保其他警察不會知道？我知道有些警察也是會打十六張麻雀的。」

水月聽完後，微微一笑。

「你問到重點了，不過，這個問題其實就和我抱怨只有寫真照片不夠的道理是一樣的。」水月輕輕點了點水桶的寫真照片。

「因為闖入者除了圖樣，還利用了氣味，故意將水桶裡的梅花香水弄得那麼淡，就是避免有吸菸習慣的警察發覺，而這也是為什麼闖入者要偷走香水瓶的原因——好避免被你們看見。」

「原來如此！」呂敬光猛然想起第一次看到吉田警部時的情況。「吉田警部確實說過自己的鼻子非常靈敏，而且他有在噴古龍水。對香水味一定非常敏感，闖入者應該也知道這一點，所以才用了這種方式。」

「就是這樣。」水月眼帶笑意地看向了岡部，並問：「岡部大人，還有什麼問題嗎？」

岡部沒有說話，而是快速地在小本子上草草記下了一些筆記，之後便快速地將麻將桌上的地圖、寫真照片等資料收一收，並戴上了帽子。

「不好意思，請恕我失陪了。」岡部對兩人點了點頭，說：「我得先走了，之後的謝禮……我會再想想的，不會再送化妝品了。」

「慢走喔——」水月慵懶地對岡部這麼揮了揮手，目送他匆匆離開。

◇
◆
◇

「……所以雙人麻雀是十四張？」這天，呂敬光一來到春山閣，就被水月抓來打雙人麻雀，可是他沒玩過，只好一邊打，一邊學。「然後沒有條子嗎？」

「也沒有筒子喔。」水月一邊熟練地洗牌，一邊解釋。「只有萬牌和字牌，所以一共只有六十四張牌，當然，因為只有兩個人，也就沒有風圈，拿到三張東字牌的話，也不會加台數……」

「好了，我想我就先打一局好了。」呂敬光聽到頭都有些暈了，連忙轉移話題。「對了，那盒銅鑼燒是怎麼來的？」

水月的手邊放著一盤對切開來的銅鑼燒，一旁還放著兩隻小木叉。「這個嗎？是岡部大人送來的，他說戒菸的時候吃甜食很有用。」水月插了一塊，又問：「呂少爺要嘗嘗看嗎？」

「啊，謝謝。」呂敬光接過了銅鑼燒，又順便問：「那麼看來仕紳院的案子應該調查的很順利吧，因為報紙這幾天都沒有報導，所以……」

「不好意思，打擾了。」呂敬光的話還沒說完，門外就突然傳來了一個僕役說話的聲音。

「請進。」水月這麼說，僕役便打開門，走了進來，手中還拿著一份報紙。「這是今天的晚報。」

「謝謝你，你可以離開了。」水月這麼說，僕役又朝呂敬光鞠躬後，便快步離開了房間。

「妳現在也開始看報了嗎？」

「是啊，在經過這次事件後，妾身覺得還是有必要學習一點新知識，不過早上妾身起不來，所以只能看晚報。」水月攤開報紙，快速地略覽了一下。

「喔，這銅鑼燒真好吃，岡部還真是花了不少……」呂敬光趁機品嘗起銅鑼燒，可是還沒等他說出感想，水月就突然發出了「喔」的一聲。

「怎麼了？」

「你看這則報導。」水月將晚報折起來，將報導朝上，遞給了呂敬光，呂敬光接過晚報，很快地閱讀了起來。

那則報導的篇幅不大，很容易被忽略，可是與篇幅相反，內容卻是重量級的。裡頭寫到吉田信光警部因為個人因素，所以被調回了國內，而原本由他偵辦的仕紳院闖入案件，則交給了岡部信之助巡查繼續調查。

雖然報導的篇幅不大，可是一旁還附了一張寫真照片，裡頭的人正是吉田信光，然而注重外表的他看起來卻有些狼狽，不只頭髮亂糟糟的，鈕扣也沒扣好，臉上更是擺出了一副臭臉，甚至還伸出了手，像是想阻擋拍攝一樣。

呂敬光看完後，就把晚報還給了水月，兩人相視一笑，便繼續開始打牌。「這一次換我試試看能不能湊出大三元吧。」

「鬥志挺高的呢，呂少爺，祝你好運。」

第三章

三町目事件

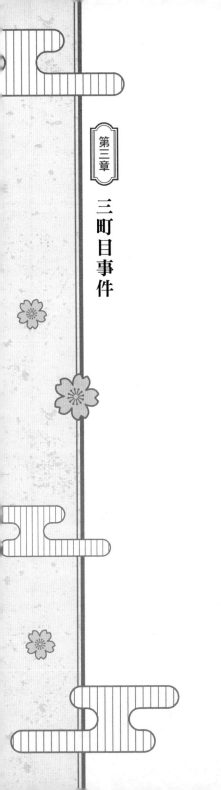

深夜，街上空無一人，兩旁的房子也都是一片漆黑，四周靜悄悄的，這裡的人們似乎都已經進入香甜的夢鄉，只能聽到潺潺的水流聲和呼呼的風聲。

就在這時，一串急促的腳步聲打破了這寧靜，一名少女快步地在這街上奔跑著，她奔跑的速度很快，像一陣風一樣，可是卻跌跌撞撞的，像是在逃離什麼可怕的東西似的。

「呼！哈……」少女表情扭曲，大口大口地喘著氣，用嘶啞的聲音喊著：「有、有誰在嗎？救救我！」

然而，雖然少女這麼呼救著，可是不知道為什麼她的聲音卻相當小聲，甚至比一旁的水流聲還小聲，因此沒有人聽到有一位少女正在呼救著。

不知是什麼原因，雖然少女看起來一副隨時都會倒下去的樣子，可是她卻始終都沒有停下腳步，一直賣力向前奔跑著。

然而，情況很快就有了變化。

兩道刺眼的強光劃破黑暗，照在了少女的身上。「妳是誰？這麼晚了還在這裡幹什麼！」一個聲音這麼大聲地斥喝著少女。

少女這時才停下了腳步，可是在下個瞬間，她就像是被子彈擊中一樣，倒了下去！而兩個穿著制服的警察立即跑了過去。

「喂！妳沒事吧，喂！」

「叫救護車！快點！」

◇
◆
◇

「沒想到會弄了一整個晚上，真累。」呂敬光走進了房間，一邊看向窗外，一邊和水月聊著天。「賣早餐的都已經出來了啊。」

「這也沒辦法，畢竟這可是隆慶米行老闆娘的壽宴。」水月走進房間後，就從櫥櫃裡拿出了茶壺，開始泡茶。「那位老闆娘最喜歡這種大排場了，所以才會選在我們這裡辦，不過妾身沒想到她不只邀了你叔父，就連你也邀了。」

「啊，這是因為她好像想要請我到她們那邊去工作。」呂敬光這麼回答。

「喔？」水月瞄了呂敬光一眼。「聽說那位嚴蕊鶯嚴老闆娘很喜歡年輕英俊的帥哥呢，就連僱用的伙計也都是這種類型的……」

「別亂說話，再說了，我也沒興趣到那裡工作。」呂敬光搖搖頭，一口否認。「隆慶米行雖然生意做得很大，可是老闆娘實在太鋪張浪費了，我不喜歡那種人，妳有看到她今天穿戴的那條金項鍊嗎？」

「看到了，妾身還很訝異她的脖子能撐住那麼粗的金項鍊呢。」水月咯咯笑了起來。「還有她手上戴的那些戒指，感覺都可以當武器來使用了。」

「是啊，所以我不打算去那裡工作。」呂敬光點點頭，而水月的嘴角則是微微上揚，倒了一杯熱騰騰的茶給呂敬光。「喝一點熱茶吧，至少能提提神。」

呂敬光接過茶杯，但還來不及喝上一口，就聽到外頭傳來了急促的腳步聲，隨後門就被打開。

「不好意思，那麼早來打擾。」岡部大步地走了進來，他朝兩人點了點頭，一臉嚴肅的樣子。

呂敬光見到這樣，立刻就放下了茶杯，除了因為每次岡部來找水月，就代表又有讓警察困擾的案件要來請水月推理，另外就是岡部臉上的表情，岡部此刻一臉凝重，像是有什麼不好的事發生了。

「岡部大人請坐。」水月將另一個茶杯倒滿了茶，遞給了岡部。「會那麼早來，想必案件是發生在昨晚吧，而且先前仕紳院的案子都沒看你在這種時間來找我，該不會是相當嚴重吧。」

「沒錯。」岡部點了點頭，接過茶後，連喝都還來不及喝，就拿著茶杯開始說了起來。

「昨天晚上，有兩名警察在港町做例行性的夜巡時，發現了一名少女，少女不只衣衫不整，而且還行為怪異，正當他們想要上前盤問時，少女卻瞬間昏了過去，兩人見狀，便連忙將她送去醫院。」

「而一個小時前，少女醒了過來。」岡部從懷中掏出了一個小筆記本，邊看邊說：「少女自稱名叫長谷川，今年十六歲，是從海外來的，而且宣稱自己遭到下藥迷暈，還指稱對方是誘拐團！」

「誘拐團？」呂敬光大吃一驚。「我還以為他們不是被抓，就是逃到外國去了，沒想到居然還有？」

「是的。」岡部咬牙切齒地說：「看來似乎有些漏網之魚，而他們現在又重出江湖了。」

呂敬光聽到岡部這麼說之後，沉默不語，而岡部則是雙手抱胸，一臉憤怒的樣子，一時間，整個房間安靜到讓人快要窒息。

「那個，雖然妾身有從一些前輩那裡聽過。」最後打破沉默的還是水月，她看著兩人，並問：「可是畢竟誘拐團橫行的時候，妾身還小，沒有什麼印象，可以替妾身說明一下嗎？」

聽到水月這麼說，岡部不禁愣了一下。「等等，我還以為妳已經成年了……」

「亂問女孩子的年紀，是很不禮貌的喔，岡部大人。」水月瞪了他一眼，這麼說。

「呃……」

「誘拐團是曾經在各國非常流行的一種犯罪手法。」呂敬光見到岡部有些尷尬，便在一旁開始介紹了起來。

「他們會利用各種方式，例如舞廳、相親或筆友，來接近良家婦女，在取得對方信任後，再以綁架、下藥等方式將她們送到外國，賣給一些……呃……」

說到這邊，呂敬光支支吾吾了起來，岡部見狀，便幫忙解釋。「他們會把那些女性像貨物一樣賣到黑市去，有的是當勞動力，有的則是當作生孩子的工具，還有其他更悲慘的，就不說了。」

「……原來如此。」水月點點頭，似乎是了解了，而呂敬光則是繼續解釋。

「沒錯，總之，當時誘拐團的猖獗引起了各國的重視，於是便聯合起來打擊這類犯罪行動，最後一次與誘拐團有關的案件是在五年前吧，不過很快被當時的吉田警部破獲，之後就沒有消息了……直到現在。」

「是的，這也是為什麼這起案件會引起上頭重視的原因，要是沒處理好，將有損國家形象。」岡部嘆了一口氣，才說：「這也是我之所以那麼早來的原因——他們希望能委託曾經破獲仕紳院一案的妳參與調查。」

岡部看向了水月，這讓呂敬光又驚又喜。「這真是太好了，恭喜妳。」他對水月這麼說：「看來他們總算認識到妳的實力了。」

然而，與之相反的，水月卻是沉默不語，過了好一會，她才緩緩地嘆了一口氣。

「唉，我就接受吧。」

「怎麼了？」呂敬光自然這麼關心地問，水月沒有說話，而是伸出一個手指，輕輕地指了一下岡部。

呂敬光轉過頭看向岡部，這才發現岡部低著頭，雙眼緊盯著手中的茶杯，茶杯中的茶還在微微晃動著，似乎在平靜的水面下，卻是暗潮洶湧。

「……水月小姐想得不錯，上頭並不是因為她的推理能力而來委託她的。」過了好久，岡部才用苦澀的語氣擠出話語。「會委託她，是因為這和逮捕誘拐團的行動計畫有關。」

「……什麼行動計畫？」雖然發覺到了異常，但呂敬光還是不懂，最後還是水月則是給出了答案。

「我猜，他們想要用釣魚的方式來逮捕誘拐團，對吧？而我就是那個讓誘拐團這條大魚上鉤的誘餌，因為，即使失敗了，少了一個藝妲對他們來說也是可承受的損失。」

岡部依舊低著頭，看著手中的茶，用虛弱的語氣說起話來，像是解釋，又像是辯解。「因為先前就是用這個方法逮捕誘拐團的，所以上頭覺得這樣再做一次就行了……」

「開什麼玩笑！」呂敬光先是從驚訝，在理解後轉為憤怒。「喂！你們把水月當成什麼了！用過就丟的棄子嗎？」他怒視著岡部，垂下的雙手緊緊握住，因為壓抑憤怒而微微顫抖著。

「呂少爺，請冷靜。」岡部低著頭，始終一言不發，反倒是一旁的水月則是這麼說，這也讓呂敬光稍稍冷靜了一下。

「水月，妳大可不用參加這種愚蠢的……」

「不，呂少爺，妾身打算接受這次的委託。」呂敬光轉過頭來對水月這麼說，可是水月出乎意料給了他這樣的答覆。

「為什麼？」呂敬光的憤怒頓時間被驚訝給取代，他不理解為何明知道危險，水月卻還要這樣以身犯險。

水月沒有馬上回答，而是突然幽幽地嘆了一口氣。「呂少爺，還記得剛才妾身說過，妾身曾經從一些前輩那邊聽過誘拐團的事情吧。」

「是……難不成！」呂敬光先是愣了一下，但後來腦中突然閃過一個可怕的念頭，唰的一聲就站了起來。

水月則是點了點頭，像是會讀心一樣，肯定了他的想法。

「沒錯，從妾身剛在春山閣工作，還只是個打雜的時候，就常常聽到這些誘拐團的故事。」說到這裡，水月的臉色微微一沉。「因為妾身從其他前輩那邊聽過不少，甚至有些人就是因此才來到這裡的。」

聽到這裡，呂敬光和岡部的表情也變得複雜了起來，誘拐團既然會從這裡把人誘拐出去，自然也會把人從外國誘拐進來。因為時間已經有點久遠，所以他們才忽略了這麼明顯的事——其實有不少藝妲也是被誘拐團賣來的。

「對不起……」呂敬光這下才理解水月的決心，她並不是因為委託人是高官才乖乖聽話，而是想要阻止以前自己身旁的悲劇再次重演，同時，他突然想到了一個問題。「那個……妳該不會也是……」

呂敬光沒把話說完，水月就知道了他的意思。「妾身並不是被誘拐來的，春山閣不會做這種生意。」水月搖搖頭，說：「至於妾身是怎麼到這裡工作……這是個很長的故事，而且和案子沒有關係，下次再說吧。」

「……我知道了。」水月的這番話讓呂敬光這才發現到一點。自己雖然常常來找水月，也幫水月辦過案子，可是他對水月這個人知道的卻很少，她是怎麼變成藝妲的？從哪裡學會這麼厲害的推理技巧的？這些他都一概不知。

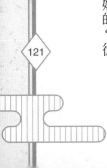

不過現在很明顯並不是問這些問題的好時機。「那麼，請讓我來幫妳調查這起案子吧。」呂敬光大聲地說，一方面是想要為水月做些什麼，另一方面也是想要阻止這種罪行。

「那真是太好了，呂少爺。」水月對呂敬光微微一笑，晨光從窗外照進來，映照在她側臉上，讓她看起來在夢幻之中，卻又帶有幾分脆弱，呂敬光的心不由得揪了一下，一股保護欲油然而生。

「我也會全力協助的。」岡部說的話打斷了呂敬光的胡思亂想，呂敬光轉頭看向了他，還來不及說些什麼，岡部就心領神會，突然拔出了腰間的佩劍。

「我會盡全力保護水月小姐的，要是水月小姐出了什麼事……」說到這，岡部倒轉佩劍，將劍柄遞給了呂敬光。「以此劍為誓，你隨時都能用此劍來取我的腦袋，我絕對毫無怨言。」

岡部的態度讓呂敬光一時語塞，過了一會，他才轉過頭，哼了一聲。「我要你的腦袋幹什麼，你還是把劍留著吧，用那把劍好好保護水月才是重點。」

「謝謝。」岡部將劍收了回去，而水月則是在一旁忍不住噗哧一聲，發出了笑聲。「你們兩個……嘻嘻……是在演哪一齣舞臺劇嗎？哈哈哈！」

水月的笑聲可愛，但卻又十分豪爽，呂敬光和岡部先是嚇了一跳，但很快就被水月的笑聲感染，忍不住也跟著哈哈大笑了起來。

◇
◆
◇

「那麼，我們該怎麼去逮捕那些誘拐團呢？」在大笑了一番之後，呂敬光拋出了這麼一個問題。

「關於這一點，我想我們可以從受害人那邊下手。」岡部掏出了一個牛皮紙袋，並從中拿出了一份檔案，隨後開始朗讀了起來。

「受害人長谷川陽子，來自海外，在三個月前抵達這裡。」岡部將檔案遞給了呂敬光。「關於她的犯罪紀錄這裡有一長串，包括竊盜、鬥毆，甚至疑似賣淫，這位長谷川並非什麼良家婦女，而是一個不良少女。」

呂敬光接過檔案，看到上頭的寫真照片，裡頭是一個長相清秀，但眼神凶惡的女孩子，她留著一頭乾淨俐落的黑色短髮，左邊眼角有一顆痣，不過更吸引呂敬光目光的，是她的身高。

「居然有一百八十多公分！比我還高了！」呂敬光看著寫真照片裡，長谷川背後標誌的身高數字，忍不住這麼驚呼。

「是的，在海外，就算是男生，能有這樣身高的人也是非常少見。」岡部點點頭，坦承了這一點。「我想這和她先前的經歷有關，她在學校的時候，是田徑部的隊員，還參加過全國田徑，拿到第三名。」

「這麼厲害的人，怎麼會……」

「根據調查，她似乎是在一次練習中受傷，因此退役，可能是在那之後就自甘墮落了吧，畢竟這種例子還不少……可是因為在做口供的時候，受害人並不配合，所以我們也無從了解。」

「不配合？」

「沒錯，畢竟有鑑於受害人的前科累累，她對警察可以說是完全不信任。」岡部嘆了一口氣，但很快又說：「不過，我想我們可以從妓女開始下手，畢竟受害者的前科就有賣淫。」

「原來如此……不過這對誘拐團來說的確是一個好辦法。」呂敬光開始思考了起來。「很容易就能以此為藉口，把女性騙到四下無人的地方，也不怕引人懷疑。」

「而且妓女就算失蹤，也不可能會有人報警。」岡部又這麼補充。「所以我才會認為該從這點下手，上頭也開始進行準備了，水月小姐，妳覺得如何？」

岡部轉頭，這麼問水月，然而水月卻是微笑地搖了搖頭。

「咦？」

「我們的想法有錯嗎？」岡部和呂敬光都愣了一下，不約而同地這麼問，而水月則是再次搖了搖頭。「不，你們的想法都十分正確，只是忘了一點——既然都已經讓受害者逃走了，誘拐團還會繼續用同一招嗎？」

「「啊！」」兩人這才恍然大悟，確實，既然知道自己的犯罪模式已經被掌握，誘拐團自然也很有可能會改變策略。

「他們會因此停止犯罪嗎？」呂敬光滿懷希望地這麼說。

可是岡部卻毫不猶豫地搖了搖頭，粉碎了他的希望。

「不可能，那群人渣絕對不可能會因此而罷手，況且，誘拐團常常是先接受委託，之後再挑選獵物下手，若是有人逃了，他們絕對會立刻再找其他人替補上，畢竟會找誘拐團的人，肯定也是狠角色。」

「那麼他們會怎麼做呢？」

「我認為，他們會重走舊路。」水月這麼回答，並拿起了放在桌上的報紙。

「也就是說……」

「沒錯，就像以前一樣，我猜誘拐團會用比較『傳統』的手法，而在這些傳統手法中，最安全的應該就是……」水月翻到了報紙的筆友欄目，上頭是大大小小的徵友啟事。

「筆友嗎？的確，這樣一來誘拐團就能在不碰面的情況下，與受害人接觸，對他們來說，是比較安全穩妥的方法。」呂敬光看到之後，點了點頭。

「……雖然你們說的很有道理，不過我有疑慮。」岡部這時卻露出了猶豫的表情，提出了自己的疑問。「這個方法雖然很穩妥，可是對於誘拐團來說，似乎有點太慢了，畢竟委託他們的人可不會很有耐心……」

「沒錯，不過這正好可以當作陷阱。」水月露出微笑回答。「我猜他們現在應該亂了手腳，只要我們能夠騙取他們的信任，讓他們以為我們是個不諳世事、期望自由戀愛的大小姐，他們肯定會輕易上鉤的。」

聽到水月這麼說，兩人點了點頭。「不過，這樣一來，寫信的人就非常重要了。」岡部又說：「畢竟弄得不好，誘拐團可是不會上鉤的。」

「沒關係，我知道一個非常好的人選。」水月這麼說，並看向了呂敬光。

「妳要我去當筆友？」呂敬光愣了一下，拋出了疑問。「可是我不覺得誘拐團會想要誘拐男人……」

「是的。」呂敬光的疑問還沒說完，就被水月給打斷。她看著呂敬光，臉上露出了惡作劇的笑容。「所以就要麻煩你了，大小姐。」

「打擾了，今天還是一樣有很多信。」岡部努力推開了門，他的手上抱著一大堆信，有些艱難地走進來。

◇◆◇

「辛苦了，岡部大人。」水月幫忙關門，而岡部則是將手中的信一口氣放在桌上，而信件就像是雪崩一樣滑落到地上。

水月看了一眼，之後就掩嘴偷笑了起來。「信還真多啊，甚至還有從海外寄來的呢，真不愧是大小姐。」

「別這麼叫我！」呂敬光忍不住這麼大叫，隨後抱怨了起來。「這些人是怎麼了？那麼誇張的徵友啟事也會上當，未免也太好騙了吧。」

「不，我覺得那是因為你的文筆的關係。」岡部搖搖頭。「就連我在派出所的前輩看到，也真以為是某個嫻淑優雅的大小姐，差點就寫了信呢，這個誘餌策略確實很成功。」

水月的誘餌策略其實很簡單，就是讓呂敬光假裝成一個大小姐，並在報紙上刊登徵友啟事。呂敬光雖然一開始十分不願意，但畢竟先前已經信誓旦旦地說要幫助水月了，所以還是寫了相當「夢幻」的徵友啟事。

他原本以為這種夢幻到接近胡謅的徵友啟事肯定不會有人相信，但沒想到在刊出後，信件就如同雪花般飛來，每天都能收到幾十，甚至近百封的追求信，這也讓他快瘋了。

「所以今天也是要一封一封拆開來檢查嗎？」呂敬光此刻臉上的表情可說是難看之極，一方面是這麼多信會花費大量的時間和精力，另一方面是只要一想到信上那些肉麻的文字是寫給自己的，就會讓他起雞皮疙瘩。

「不，我後來想到了一個方法。」然而岡部卻出乎意料地說：「最近，我們本署又從國外引進了新的幾條警犬，牠們的嗅覺很強，只要給牠們聞一下味道，牠們就能馬上找到相同的氣味。」

岡部一邊說，一邊從懷中掏出了一封信。

「先前長谷川從對方那裡逃出時，身上穿的不是自己的衣服，而是從誘拐團那邊找到的，我想可能是以前受害者的衣服，這就讓我想到了一點，要是那衣服擺了很久，會不會沾上那邊的氣味呢？後來就用這個為線索，果不其然，警犬發現只有這封信有問題。」

「太好了！」

「真不愧是岡部大人，這次的新技術運用得非常巧妙呢。」呂敬光忍不住握拳歡呼，而水月也點了點頭，讚許地說。

「這也得謝謝你們，其實我也是從先前仕紳院的案子上得到的啟發就是了。」岡部謙虛了幾句，隨後就把信掏出來，拿給了水月和呂敬光。

兩人很快地把信看了一遍，信裡頭的內容其實並沒有太過特別，不過兩人還是分別注意到了一些東西。

「……希望這個星期能見面，這未免也太快了吧。」呂敬光看完後，搖搖頭說：「這人的用詞和語氣都非常迫切，感覺好像希望能馬上見到的樣子，就如同妳說的那樣。」

「嗯，不過他的用詞也非常巧妙。」水月則是以自身的角度出發。「感覺似乎有受過很好的教育，而且文筆也相當好，會讓女孩子心動，要是妾身不知道這可能是誘拐團，說不定也會上當呢。」

「是啊、是啊，我的文筆太過『大小姐』了。」呂敬光發著牢騷，但很快又問岡部。「那封信上應該有寄件人的住址吧，這樣一來就可以抓到誘拐團了！」

然而，岡部卻面露難色，搖了搖頭。

「我們去過那個住址了，可問題是，那是一間廟。」岡部這麼說。

「廟？」

「是的，更準確的說，是廟的香客大樓。」岡部一臉煩惱地說：「不管是誰，只要捐一點香火錢，在功德簿上登記名字，就能直接入宿，我們推測誘拐團就是用這種方式，避免被人追查地址。」

聽到岡部這麼說，呂敬光和水月互看了一眼，之後呂敬光率先發問。

「如果有登記的話，那麼至少還有名字吧。」

「這就是問題所在，因為廟裡的住持只是登記而已，並沒有檢查是否為真名。」岡部搖搖頭，又補充了一句。「甚至不留名字也行，我就看到上頭有好幾個『無名氏』和『有緣人』。」

「那麼信件呢？」水月緊接著問：「既然那麼多香客住在那裡，寄到廟裡的話，總得要有什麼方法把信送給收件人吧。」

「這就是問題所在，根據住持所講的，他並沒有這麼做，他只是把信通通都放在一張桌上，需要收信的人自己過去找而已。」岡部嘆了一口氣，說：「他說這個方法從沒出過問題，畢竟有『神明』在看，相信沒人敢偷東西。」

「這下可麻煩了……」呂敬光皺起了眉頭，好不容易找到的線索，卻追不下去，這不禁讓他有種挫敗感。

然而水月卻是一臉平靜。

「妾身也想過事情可能不會那麼順利，那麼接下來，就只能進一步接觸了。」

「進一步接觸？難不成……」聽了水月的話，呂敬光不禁瞪大了眼睛。

「沒錯，就是把對方約出來見面。」水月平靜地說：「這次輪到妾身出馬了。」

然而，岡部和呂敬光聽到之後，卻做出了相反的反應，兩人的表情嚴肅，呂敬光更是忍不住勸阻。「妳確定要那麼快把誘拐團約出來嗎？要不要再通信一陣子，也許他們會露出什麼馬腳……」

「他們不會再通信了，畢竟對他們來說，時間急迫，不可能和我們這樣繼續慢慢耗，要是不趁現在收竿，這條大魚就會跑掉了。」水月搖搖頭，否決了呂敬光。

「這……」呂敬光雖然同意水月的看法，但還是有些猶豫，水月見狀，就用溫柔的語氣對他說：「不用擔心，想必岡部大人應該會好好安排的。」

「沒錯，我們以前就曾經用這種方法逮捕過誘拐團。」岡部在一旁開口說：「不用擔心，我會盡一切所能，保護好水月小姐的。」

「好吧……」雖然水月的表情平靜，岡部的語氣堅定，可是呂敬光始終有一種不安的感覺環繞在心頭，直到離開春山閣也沒有消散。

◇
◆
◇

「不好意思，我是來探病的。」在醫院裡，呂敬光對門口櫃檯的看護婦這麼說：

「是三〇七號房的長谷川小姐。」

「非常不好意思，但現在長谷川小姐不接受探望……」

「我是岡部巡查介紹來的，我叫呂敬光。」呂敬光一邊說，一邊拿出了身分證明。

「……了解了，請跟我來。」看護婦快速地檢查完身分證明後，便對呂敬光點了點頭，之後就帶他進了一個樓梯間。

「長谷川小姐的身體狀況雖然已經恢復得差不多了，但還是要注意不可以問太久。」看護婦一邊帶領著呂敬光爬著樓梯，一邊這麼交代。

「我明白，請問她住院的原因是什麼？」

「主要是營養不足，她被送來前很明顯沒吃過什麼正常的食物，再加上大量勞動，導致情況變得更嚴重。」說到這裡，看護婦頓了一下。「另外，據病人所稱，她還曾被藥物迷昏過。」

「藥物？」

「是啊，但不知道是什麼樣的藥物，她只記得那藥有一股很甜膩的味道，因此醫師建議她再多住幾天，觀察情況如何……可憐的孩子。」看護婦說到這，突然嘆了口氣。

「遭受這種暴行，一定會對身體和心理留下影響。」

「長谷川小姐是個怎麼樣的人？」呂敬光趁機問下去，而看護婦的表情也變得柔和了許多。

「這個嘛……她不太愛說話，總是自己一個人，不過這也不能怪她就是了，畢竟經過那種事，不過，可以感覺到她是個聰明又細心的孩子。」

「怎麼說？」

「因為不用一直吩咐，只要告訴她一次，她就會記得，像是吃藥或是吃東西，你不知道這對病人來說，是多麼難得的一件事，而且另外每次我進去時，她都會很有禮貌地向我問好，離開時也會跟我說謝謝，不要以為這是基本的，很多病人都做不到呢，像是……」

「真有意思，我還以為她和警察不合，也會和其他人不合呢。」見到看護婦似乎要把話題扯遠，呂敬光連忙再拉回來，但他沒想到一說到這，看護婦的臉就沉了下來。

「雖然我不想說警察他們的壞話啦……但是我覺得他們太過分了，特別是那些高等警察，不說是警察，我還以為是混混……啊，不要誤會，岡部巡查就不一樣，他非常有男子氣概呢，不知道結婚了沒……喔，我們到了。」

正當呂敬光好奇地聽著看護婦對岡部的告白時，才發現他們不知不覺就已經到了三〇七病房門口，而門口正站著一位警察。

「辛苦了，這位是呂敬光呂桑。」看護婦對警察說，而呂敬光則是主動把身分證明又掏了出來，遞給了警察。「你好，我叫呂敬光，請多指教。」

「你就是岡部說的那位大小……我是說呂少爺嗎？」雖然警察差一點就要說出什麼奇怪的話，但還好及時打住。「你可以進去了，不好意思弄得那麼麻煩，畢竟病人牽扯到重大案件。」

「我明白。」雖然呂敬光很想要再繼續追問大小姐的事情，但目前還有更重要的事情要做，於是他便推開了門，走進病房。

一走進病房，他第一眼看見的就是在病床上的少女。在來之前，他曾看過長谷川的檔案，在檔案中的寫真照片裡，長谷川留著一頭棕色長髮，眼神銳利，雖然五官端正，但是臉上總是擺著一幅臭臉，看起來就不好惹的樣子。

可是，眼前在病床上的少女和長谷川截然不同。

少女有著一頭黑色短髮，身材纖細，原本充滿威脅的氣勢已經不在，她的膚色是健康的小麥色，病人服在她身上有些寬鬆，可以隱隱約約地看見她肩膀上的曬痕，而那正是她從前全國大賽第三所留下來的榮譽勳章。

當呂敬光走進來時，她正在專心看著手中的書，而一聽到呂敬光進來的聲音，她就放下了書，露出清秀的外表和炯炯的眼神。「進來房間之前，先給老娘敲門啊。」

少女的眼神就像語氣一樣的銳利，讓呂敬光有些不自在。

「妳是長谷川小姐嗎……」

「是啊，你又是誰？至少該報上名字吧。」

「不好意思，我叫呂敬光。」呂敬光連忙自我介紹了起來。「妳或許聽說過我，岡部大人……」

「啊，岡部啊，沒錯，他確實是跟老娘說過好像有位『大小姐』會來問我話。」呂敬光的話還沒說完，長谷川就打斷了他，並用一種不耐煩的語氣這麼稱呼岡部，之後再上下打量起了呂敬光。

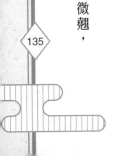

「沒想到原來是你啊，我看過你的情書了，寫得挺不錯的。」

「呃……謝謝？」呂敬光雖然被打斷，但還是很快收拾好心情，問：「我想問的就是關於誘拐團的事，像是妳是怎麼遇見的？遇到的成員為何？還有最後是怎麼逃出來的？」

「這個嘛……」然而長谷川並沒有直接回答，取而代之的，是她的臉上露出了一抹不懷好意的笑容。「想要老娘說出來嗎？那麼來吧。」

長谷川掀開棉被，伸出了自己的右腳。

長谷川的腿修長勻稱，相當好看，腳踝圓潤，形成一道優美的曲線，腳趾頭微翹，上頭的指甲整齊漂亮，而可能因為住院的關係，雖然以前曾是田徑選手，可是她的腳沒有長繭，有如新生嬰兒。

「什麼意思？」雖然長谷川的腳相當好看，可是呂敬光還是一頭霧水，但長谷川接下來的答案讓他大吃一驚。

「洗腳啊，大小姐，先幫老娘洗腳，老娘再看心情回答問題。」長谷川斜眼看他，語氣中充滿著挑釁。

「洗腳？」呂敬光一時間搞不清楚狀況，還以為長谷川在說什麼暗號之類的東西。

「沒錯，在田徑部，後輩要是有求於前輩，可是要替前輩洗腳的。」長谷川冷笑著說：「聽說這裡是會替父母洗腳吧，那既然如此，就展現一下誠意吧。」

「這……」

「做不到的話就算了，不過也別想從老娘這裡套出任何話出來。」呂敬光總算理解長谷川的用意，但在他還來不及開口前，長谷川就先搶著說，之後又補充了幾句。

「那些條子平時嘴巴上都說得慷慨激昂，說什麼只要能將誘拐團繩之以法，什麼都願意，可是一聽到要幫老娘洗腳，每個人就都像你一樣不願意，有的想用錢來打發我，有的還威脅我，說要以誘拐團同黨的名義把我關起來。」

呂敬光聽了之後，緊閉著嘴，只是向長谷川鞠了一躬，就二話不說地轉身開門離開。

「哈，果然是這樣。」長谷川將腳收回，拿起了丟在床上的書繼續讀。可是她還沒看完一頁，就突然聽到了外頭傳來了聲音。

「你拿的這個，難道是……」

「沒錯，可以請你幫我開門嗎？另外，記得先敲門。」

在幾聲敲門聲之後，病房的門再次被打開，呂敬光再度進來，只是這一次手上多了一個洗腳盆和一壺水，肩膀上則是掛著一條毛巾。

「不好意思，可以請妳把腳伸出來嗎？長谷川小姐。」呂敬光蹲下，將洗腳盆放在地上，倒入了熱水，之後才在長谷川饒有興致的目光下，抬起頭並這麼說。

長谷川沒有說什麼，只是再一次將腳給伸了出來，呂敬光輕輕握住，並慢慢地將她的腳浸泡進熱水裡。

他輕柔地搓洗，連腳趾頭之間的縫隙都不放過，還順便替她做了一點腳底按摩，讓長谷川有時皺眉，有時吐氣，有時還會發出一些呻吟聲。

「呼——嗯……啊！」

「請換另一隻腳。」呂敬光冷靜地這麼說，而長谷川伸出了左腳。

在長谷川伸腳的同時，呂敬光立刻發現在她的左腿小腿上，有一道長長的疤，白色的疤痕在她小麥色的肌膚上非常顯眼，看起來格外怵目驚心。

但是呂敬光卻沒有多問什麼，只是專心地再重複一次剛才的動作，搓洗、揉壓、扭轉，最後拿出了毛巾，把長谷川的腳擦乾淨。

「嗯，幹得不錯嘛，大小姐，雖然看起來一副大少爺的樣子，不過還挺會幫人洗腳的。」

「畢竟小的時候替父母洗過，那麼現在可以回答我的問題了嗎？」

「問吧，老娘和那些『條子大人』不一樣，做過的承諾絕對會遵守。」長谷川這麼說，伸了一個懶腰，雙腿則是靈活地盤了起來，盤坐在床上。

「可以告訴我，妳當初是怎麼遇到誘拐團的嗎？」

「很簡單，就是美人局啊。」

「美人局？」

「嗯，老娘假裝賣淫，誘騙那些變態上鉤，之後引到房間以後，同伴們就會一擁而上，威脅那些變態付錢。」說到這，長谷川微微一笑，說：「你們這裡好像叫做仙人跳吧。」

「是的，不過我不是不懂美人局的意思。」呂敬光頓了一下，才又解釋。「妳設局騙人？所以妳先前就有做過這種事情了嗎？」

「嘿，這和誘拐團無關吧。」長谷川白了呂敬光一眼，不客氣地說，而呂敬光連忙道歉。「對不起，那可以說說妳遇到誘拐團，之後又是怎麼被抓的嗎？」

「我記得那天是星期天吧，老娘和幾個朋友在港町那一帶，因為那時候缺錢，所以打算要再做一次仙人跳。」長谷川開始回想。「於是我便站在街角，搜尋著獵物，很快地，就找到了一個男的。」

「不好意思，妳可以敘述一下那個人的樣子嗎？」呂敬光一聽到，立刻手忙腳亂地拿出了一本小筆記本，開始記錄了起來。

「記得那男的身材應該是一米七五，體重六十公斤上下，長相斯文，戴著一副金框細邊眼鏡，年紀大概在二十到三十之間，從談吐來看，似乎接受過很好的教育。」長谷川詳細描述了對方的樣子，詳細到讓呂敬光只能勉強跟上。

「說真的，老娘一開始還不相信他是來召妓的，畢竟他看起來就像是出身上流，就像是仕紳院裡的人，像這種人，通常都是去高級餐廳找藝妲，可是他在看了我一眼後，就對我翹起了小指頭。」

「翹起小指頭？」呂敬光停下筆，好奇地問。

「這是召妓的暗號，就像這樣。」長谷川伸出了拳頭，只有一根小指頭翹了起來。

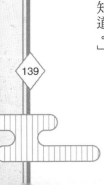

「這樣做是避免被警察發現……沒想到大小姐你還挺純情的嘛，連這個都不知道。」

「……畢竟沒有經驗嘛。」

「真的？大小姐你該不會還是處男吧。」長谷川眼神一亮，露出了不懷好意的笑容，讓呂敬光有些不自在了起來。

「咳咳，不好意思，這個和誘拐團無關吧。」

「喔！對，總之，在確認了之後，老娘就和那男的一起走進了一間小旅館裡。」說到這，長谷川又補充了幾句。

「那間小旅館和我們有合作，常常是我們設局的地方，其他同伴會被安排在隔壁的房間裡，等要發生關係時，他們就會一擁而上。」

「可是，這一次出了差錯，對吧。」

「沒錯，就在我一進去房間時，那男的就突然從背後用手帕摀住了我的臉。」長谷川一邊回想，一邊臉上露出了厭惡的表情。

「手帕上似乎有什麼迷藥，有一股異常香甜，甚至甜膩到讓人覺得噁心的味道，沒幾分鐘，我就昏了過去。」

「……我明白了。」呂敬光聽到這，先是頓了一下，露出有些驚訝的表情，但還是很快地就繼續問：「那麼，當妳醒來的時候，妳知道在哪裡嗎？」

然而長谷川卻搖了搖頭。「可能是藥的關係，老娘之後的記憶都很模糊，有時會清醒一下，有時卻又像是在夢裡……只記得那似乎是某個倉庫，因為周圍有很多木箱之類的東西，還有一些人進進出出。」

「妳記得那些人的長相嗎？」

「不記得，不過老娘還記得他們說過的一些話，像是『偷渡』、『三町目』、『漲潮』之類的話，其中印象最深的就是有人說『明晚就得把貨送出去』。」

說到這裡，長谷川的臉上露出了一個大膽的笑容。「雖然被下藥，但老娘還是知道貨指的是什麼，所以才鼓起所有的力氣，趁他們放鬆戒備的時候，跑了出來。」

「我明白了……」呂敬光勤奮地寫著筆記，又問：「那妳還記得妳逃跑時經過哪些地方嗎？或是逃跑的方向，妳那麼常跑步，應該不會漫無目的地亂跑吧，像是特別高的建築物當目標之類的。」

「看不出來大小姐你還挺聰明的嘛。」長谷川用有點驚訝的眼神看著呂敬光，隨後就露齒一笑。「沒錯，跑步最好是能設立一個目標，不過老娘不是選建築物，而是順著河跑。」

「河？」

「沒錯，那倉庫後面有一條河，畢竟他們幹這種事情，當然是要離河越近越好。」

長谷川點點頭，又說：「老娘沿著河一直狂奔，應該跑了一、兩公里後，才遇到那兩個警察。」

「一、兩公里！」呂敬光的筆停了下來，他看向長谷川，很難想像有人能被藥迷暈，並在意識不清的情況下，跑得了那麼遠。

可是回應他的，是長谷川自信的笑容。

「是啊，老娘可是很會跑步的，要不然你以為那些人怎麼沒把老娘抓回去？那群追捕我的人當中，還有先前在旅館裡用藥迷昏我的那人渣呢，老娘還記得那人渣想追我，卻發現自己追不上時，臉上那驚訝的表情。」

「我了解了……」雖然長谷川信誓旦旦地這麼說，但呂敬光還是有些懷疑，他放下了筆，又問：「那麼妳還有什麼想補充的嗎？」

「沒有了……除了要是你們抓到那男的，記得讓老娘用力踹一下他的蛋蛋。」長谷川又拿起了書。「好了，大小姐你還有別的問題嗎？」

「有。」呂敬光的回答，讓長谷川愣了一下。「還有什麼問題，老娘還以為你剛才那個問題就是最後一個了。」

「因為接下來我想問的和誘拐團無關……當然，妳想不想回答都可以。」呂敬光先是做出了這樣的說明，之後才問：「那妳之後有什麼打算？」

「……什麼？」

「當妳身體完全康復，出院的時候，妳打算做什麼？」呂敬光又問了一次。

而這次，長谷川的臉上出現了細微的變化。

「要是大小姐你是要對老娘說教的話，那就免了，像你這樣的小少爺，怎麼可能會懂我們這種人的日子是怎麼過的。」說到後頭，長谷川的臉上露出了厭惡的表情。

不過呂敬光的表情依舊。「當然，我可能沒什麼立場可以對妳說教。」他先是坦承了這一點，可是話鋒一轉，緊接著說：「但妳應該也知道，妳不可能再回去找過去的那些『同伴』了吧。」

從剛才開始就相當尖銳的長谷川，這時第一次閉上了嘴。

「……畢竟誘拐團能順利用藥迷昏妳，想必應該是和那家小旅館暗中做了什麼交易吧。」呂敬光侃侃而談了起來。「說不定，就連妳的那些同伴也都有份，這樣才能說明為什麼妳被迷昏後，卻沒有人來救妳……」

「老娘是不會背叛同伴的，不管大小姐你替我洗幾次腳都沒用。」長谷川終於打破沉默，打斷了呂敬光的話，此刻她的眼神就如針一般銳利。「這是道上的規定，況且既然在幹這種仙人跳的事，老娘早就已經有這種覺悟了。」

「我想也是，可是我並不關心你同伴的事，我關心的是妳。」呂敬光的話，讓長谷川瞪大了眼。

「……什麼？」

「妳不覺得，這次事件，雖然是不幸，但也是一個轉機嗎？在經過了這次事件後，妳的那些『同伴』應該不會再來找妳了，妳可以趁這個機會金盆洗手。」說到這邊，呂敬光頓了一下，才繼續說。

「而且就如同妳自己說的，妳在幹的事情，是要有覺悟的……我想這次事件既是報應，也是某種警告吧，就像妳先前騙過那麼多人那樣，所以這次換妳被騙了。」

呂敬光在說出這些話的時候，心裡已經做好長谷川會發怒的準備了，然而出乎他意料之外的是，長谷川不但沒生氣，反而還相當冷靜。

「……老娘知道啊，可是實在沒辦法。」她有些自嘲地說：「我的家很窮，在因傷退役後，我們家因為醫藥費欠了一屁股債，老娘只好去米店幫忙，可沒想到那邊的老闆是個色鬼，總是用色瞇瞇的眼光盯著老娘的胸部。」

「如果只是這樣，老娘也就忍了。」長谷川挺起胸膛，凸顯出她原本就很雄偉的雙峰。「可是沒想到有一次，他居然趁老娘在幫忙收拾的時候，想要對老娘下手！所以老娘只好用力朝他的下體一踹，並逃了出來。」

說到這，長谷川踢了踢腿，模擬了當時的情況。「而之後為了不要牽扯家人，老娘才逃到了這裡，可是為了籌措船費，老娘又欠下了一大筆錢，之後才和同伴們合作，幹起了這種事。」

聽了長谷川的遭遇，呂敬光一方面相當同情，一方面身為男性，看到剛才長谷川踢腿的力道後，也悄悄地用洗腳盆護住了自己的胯下。

「我明白了，我想我可以幫忙。」呂敬光掏出了一張名片，遞給了長谷川。

「我的叔父在經營著一些生意，如果妳想要，我可以介紹妳過去，別擔心，我叔父雖然小氣，但他不是個會性騷擾的人，要是有什麼事情，我會幫助妳的。」

長谷川接過了名片，但她的目光卻始終都在呂敬光身上。

「為什麼？」最後她才問了這麼一句話。

「……什麼？」

「為什麼要幫助老娘？這是我們第一次見面吧，為什麼要替老娘做那麼多？」說到這裡，長谷川的眼神又變得銳利了起來。

「該不會是看上老娘的身體了吧？要是你以為老娘會因為感激，就獻出自己的話，那就大錯特錯了！」

被長谷川這麼質問，一時間，房間內的空氣變得緊張了起來。不過，呂敬光沒有生氣，反而是直直地看向長谷川的眼睛，正面接受了她那銳利的目光。

「我之所以會幫助妳，是因為我以前也有被好友背叛的遭遇。」他靜靜地這麼說。

「喔？」長谷川臉上的表情從質疑變成了好奇，但目光還是相當銳利，於是呂敬光便開始解釋了起來。

「我在海外時，曾經有個未婚妻，可是她在我背後偷偷地和我的好朋友勾搭。而且就在我們要結婚前，她為了要逃避婚約，就假裝失蹤，而把我騙走之後，她就和我的那個好朋友結婚了。」

「……抱歉。」長谷川聽到後，先是沉默了一會，才這麼說了一句。

「不會，我已經看開了。」呂敬光一邊拿起了所有東西，一邊在離開病房之前對她說：「總之，妳自己再仔細想想看吧，那麼，我就先離開了。」

呂敬光走出了房間，並關上了門，也因此，他沒注意到長谷川的目光一直在看著他。

◇
◆
◇

「終於到這一天了啊。」岡部望著天空，這麼感嘆。

他們此刻正身處於公園裡，今天是星期天，天空非常晴朗，或許是因為這個原因，所以公園裡的人潮不少，有不少家庭是全家出動，大人在步道上散步，小孩則是在草坪上玩耍，氣氛一片祥和。

但相反的是，岡部和呂敬光卻十分緊張。他們緊緊地盯著前方，同時也是他們緊張的原因——在那邊，水月穿著一身華麗的和服站在那裡，手中還拿著一個櫻花花紋的手袋，在外人看起來，就像是一位少女在等著心上人。

而實際上，他們也確實是在等人，只不過，他們在等的是誘拐團。

「已經九點了，時間差不多了。」呂敬光掏出懷錶，瞄了一眼時間。「對方隨時都可能會出現，長谷川小姐，妳有看到任何像那天妳見到的那個人嗎？」

呂敬光看向了長谷川，在呂敬光問完她問題的隔天，他就接到了長谷川的電話。一開始還以為是長谷川要請他幫忙向叔父找工作，但沒想到她卻說自己要來幫忙。

呂敬光在和水月討論之後，最後決定讓她加入，畢竟她是唯一親眼見過誘拐團的人，印象肯定比畫像來得好，岡部雖然一開始反對，但最後也同意了。

「沒有，老娘沒見到那人渣。」長谷川搖搖頭，這麼說：「反倒是見到了一堆條子就是了。」

「那是因為妳知道我們在埋伏誘拐團，才會知道有警察的吧。」聽到長谷川這麼說，岡部有些不悅地皺起了眉頭，似乎覺得被看輕了。

但是長谷川卻對岡部翻了一個白眼。「這裡有二十三個條子，我說的沒錯吧。」

「妳是怎麼知道的？」這次岡部驚訝地瞪大了眼，他並沒有把埋伏計畫的細節告訴她，其中自然也包括在場的警力。

「太明顯了，像是坐在長椅上看報紙的那個。」長谷川輕輕一指，指向了一個看報紙的男人。「他穿著一身西裝，看起來就像是個上班族，對吧？」

「是啊，這有什麼特別的？」

「今天是假日，有哪家公司在營業的？」長谷川又翻了一次白眼，說：「如果你說是週末加班，那現在這個時間，怎麼會有加班的上班族在公園裡這麼悠閒地看報？」

「唔……」聽到長谷川合情合理的分析，岡部咬著牙，似乎是相當不甘心，但卻也無話可說。

「兩位都先別吵了，有人走向水月了！」這時一直在觀察狀況的呂敬光發現了異狀，連忙壓低聲音，這麼說。

其他兩人順著呂敬光的目光看去，就看見了一個男子。男子大概二十五、六歲左右，身材高瘦，膚色很白，長相相當帥氣，每當他經過，就能吸引周圍女性的目光。帥氣男子穿著一身深色西裝，手中還拿著一束鮮花。他先是四處張望，腳步似乎有些遲疑，不過當他看到水月時，就露出了笑容，並直直地朝水月走了過去。

「長谷川小姐，那個人該不會是……」呂敬光這麼確認，而長谷川很快就給出了肯定的答案。

「沒錯，就是他！」她用低沉的語氣這麼說，似乎是在壓抑著自己的怒火。「雖然他這次沒有戴眼鏡，不過那種卑鄙的氣質怎麼藏也是藏不了的，肯定就是那個人渣沒錯。」

「岡部大人。」呂敬光轉頭看向了岡部，岡部則是早就拿起了無線電。「各單位注意，目標已經出現，向日葵已經確認，就是在和櫻花對話的人，準備進行行動。」

向日葵和櫻花是代號，分別指的是長谷川和水月。呂敬光鬆了一口氣，心想等一會周圍的警察就會一擁而上，把對方逮捕，他也總算能放下心中的大石了……

「否定，重複一次，否定，先不要進行行動。」然而這時，無線電裡突然發出了一聲吵雜的雜訊，之後就是一個聲音這麼說，讓呂敬光大吃一驚。

而吃驚的不只是呂敬光，岡部連忙拿起了無線電。「請求進行行動，向日葵已經確認目標身分，可以開始行動了。」

「否定，這次目標出現，正是我們探索目標老巢的機會。」又是一聲雜訊，裡頭傳來的聲音依舊冰冷。「我以高等警察的身分下令，各單位先按兵不動，等待我們的通知。」

「馬鹿野郎。」岡部忍不住小聲地罵了一句，而呂敬光則是焦急地問：「現在該怎麼辦？岡部大人。」

「……只能等待了。」岡部沉默了一會，才語氣無奈地這麼說：「這個案子主要是高等警察課在負責的，再加上對方的階層比我高，我無法擅自行動。」

聽了這句話，呂敬光只能瞠目結舌地看著岡部，而長谷川忍不住在一旁嘲諷。「哈哈，平時那麼威風，你們條子不也是國家養的狗嗎？」

「……我無話可說。」岡部低下了頭，呂敬光一時間感到五味雜陳，失望、憤怒、無力……各種情緒就像是沸騰一般翻攪了起來，讓自己有種膨脹的感覺，隨時都有可能會爆發。

不過，在爆發之前，長谷川的一句話打斷了他的思緒。「等等，他們是不是要走了？」

「什麼？」呂敬光連忙看向水月的方向，就如同長谷川說的那樣，水月正在和帥氣男子離開。

先前在討論這次逮捕行動時，警察那邊的安排是等到恰當的時機，他們就會行動，將人逮捕，水月則是要保持平常，不要讓誘拐團起疑，這也是為什麼水月會隨誘拐團離開的原因。

「快點跟上去。」見到兩人要離開公園，岡部連忙起身，跑向了另一個方向，而呂敬光和長谷川則是連忙跟著他。

三人從另一個方向跑出了公園，一出公園，岡部就坐上了停在一旁的警車，而呂敬光和長谷川也連忙進了車子裡。

「在那邊！」長谷川一坐進車子裡，就指向了左前方。在那邊，水月和帥氣男子上了一臺人力車，人力車馬上就動了起來。

「我們走！」呂敬光焦急地說，而岡部立刻發動引擎，跟了上去。

「別擔心，對方是人力車，我們開車沒理由追不上。」岡部一邊熟練地轉動著方向盤，一邊這麼安慰呂敬光。「況且我們這裡還有另外三輛警車，不可能會跟丟的。」

這稍稍安慰了呂敬光一下，可是很快他又焦急了起來。「等一下，為什麼你要在這左轉？水月他們不是直行嗎？」

「這是跟蹤的小技巧，對方是人力車，汽車跟在後面開得那麼慢，容易被發覺怪異。」岡部一邊轉彎，一邊解釋著。「我們離開後，第二輛車很快就會補上，這樣輪替跟車，才不容易被對方察覺。」

「……好吧。」呂敬光雖然焦急，但也只能眼睜睜地看著水月的身影離開。岡部開著車，彎過了一個街區之後，很快地就又回到了原來的路上，跟在了另外一臺汽車後面。

「這裡是雁二號。」突然無線電爆出聲響，一個聲音這麼說：「目標進入了四町目三條通上的一條巷子，那條巷子太窄，汽車無法駛入，重複，無法駛入。」

「什麼？」呂敬光忍不住這麼大叫，然而岡部卻依舊是胸有成竹的樣子。

「三條通是嗎？那麼他們應該會從那裡出來。」岡部突然一個急轉彎，隨後加快速度，不斷超車，同時他還不停地按著喇叭，強迫其他的牛車和人力車讓道。

「哇呼！這樣就對了！」窗外的風景就如同飛一般向後退，汽車因為速度太快，開始顫抖，長谷川見到這樣，大聲笑了起來，而呂敬光則是不發一語，手緊緊地抓著前方，因為緊張，手指過於用力都有些泛白了。

不過他緊張的原因，並不是因為岡部的危險駕駛，而是擔心著水月的安危。

他們一路急行，很快地就又來到了一條大馬路上，同時岡部的速度也放慢了下來。

「他們應該會從這裡出來，仔細看看！」他這麼說。

呂敬光和長谷川立刻左顧右盼了起來，這是一條繁忙的街道，不少路人、人力車和牛車在這裡通行，兩邊的路旁則是有攤販叫賣著，前方路口的轉角處還有一個和尚在敲著木魚，向人化緣，這讓找人變得更加困難。

不過沒多久，就聽到長谷川一聲大喊。「看到了，在那邊！」

呂敬光立刻看向長谷川指著的方向，她指著一臺人力車，只是人力車上頭遮陽用的頂蓋被拉了起來，看不清上面坐著的人。

「你是怎麼知道的？」岡部這麼問，不過就在長谷川回答前，呂敬光就已經看到了答案。「那邊，那個櫻花花紋的手袋！」

在人力車的右側，一個櫻花花紋的手袋半露在外頭，看起來格外明顯。呂敬光知道這是水月故意留下的暗示，因此既鬆了一口氣，又感到了幾分佩服。

「雁二、雁三和雁四，發現目標了。」岡部一邊握著方向盤，跟了上去，一邊抓起了無線電，這麼回報。「目標現在在九條通，正在往港町方向前進。」

「了解，現在立刻過去。」

「幹得好。」

「我從另外一頭繞過去。」無線電裡其他三輛車分別這麼回報，而岡部則是緊緊地跟了上去。「好極了，這裡人那麼多，開慢一點也不會起疑。」

呂敬光鬆了一口氣，感覺自己的心臟還在不停地砰砰跳，他自認自己不是一個膽小的人，可是這樣連續不斷失而復得、得而復失的循環還是讓他有些喘不過氣來。

不過有這種感覺的，顯然不只有他一個人而已。「沒想到條子的工作還滿刺激的嘛，假如那麼刺激的話，老娘倒也不是不能考慮當個條子。」長谷川露出了一個有些可愛的笑容，並這麼說。

「當然沒有。」岡部掏出了手帕，擦掉了額頭冒出的汗珠。「這樣的行動就連我也是第一次遇見，這應該是我參加過最難的一次行動了吧。」

「嘿！是嗎？那大小姐你呢？這種事情對你來說，是不是太刺激了。」長谷川又拍了拍呂敬光的肩膀，笑著說：「看你緊張成那個樣子，真好笑。」

「確實是有點刺激，就連以前搭船時，在海上遇到暴風雨，我都沒那麼緊張。」呂敬光點點頭，補充了一句。「不過，不管怎麼樣，都得要確保水月她的安全。」

「是喔，那女人是怎樣？是你的這個嗎？」長谷川有些戲謔地翹起了小指頭，暗示著兩人發生過了關係。

「並不是！」呂敬光連忙這麼駁斥。「那個，水月她是……呃……」

說到這裡，呂敬光突然一時之間不知道該怎麼回答，若是說他只是個客人，除了第一次，他去春山閣都不是為了宴會，可是若說自己是水月這個探偵的助手，除了仕紳院那一次之外，他似乎也沒幫上什麼忙。

「大小姐，你臉紅了喔——」呂敬光支支吾吾，長谷川則是用食指戳著呂敬光的臉頰，有些戲謔地說：「不過原來是這樣啊，沒想到你喜歡的是那一型的啊，老娘我很失望喔……原本還以為大小姐你是喜歡老娘的。」

「呃……」呂敬光被這樣調侃，一時間不知道該怎麼回答，只好看著前面的水月他們坐的人力車，同時有些結結巴巴地回答。「我和水月不是那種關係啦，只是我也說不太明……咦？」

他話說到一半，就突然發出了這樣困惑的聲音。

兩人順著呂敬光的目光看去，只見剛才水月用來標示的櫻花花紋手袋突然震動了一下，之後就滑落到了地上。然而，不管是人力車伕，還是上頭的乘客都彷彿沒看到一樣，反倒是加快速度向前行。

看著這怪異的一幕，三人都先愣了一下，最後還是有過經驗的長谷川最快反應過來。「不好了，那人渣行動了！」她大叫了起來。「那藝妲肯定是被藥迷昏了，才會鬆手讓手袋掉在地上。」

「馬鹿野郎！」岡部這麼怒罵一聲，隨後也採下油門，加快了速度，打算跟上去，同時還不停地按喇叭。「讓開！讓開！警察辦案！」

周圍的行人發出了尖叫聲，其他的車子也迫於他們的壓力紛紛讓道，岡部則是找到縫隙就鑽，有時還差點就要擦撞到別的車子。呂敬光則是感覺自己的手心冒出了冷汗，雖然岡部開車已經很快了，但他還是也忍不住大喊了起來。「讓開！快讓開！」

在岡部的駕駛之下，他們與人力車的距離不斷拉近，然而，就在這時，人力車突然一個轉彎，彎到了另一條路上，並消失在他們的視線範圍之外。

「別以為能逃掉！」岡部這麼說，方向盤猛然一轉，跟著人力車轉了過去。

然而，一轉過去，在他們面前的，是一頭頭上長著巨大尖角的黑色水牛！

「是牛車！快閃開！」長谷川這麼大叫，岡部猛然轉動方向盤，一時間呂敬光感覺整個世界都天旋地轉了起來，然後就是碰的一聲，他感覺到自己的身體猛然被拋向前，但很快就被安全帶緊緊勒住。

然後，就是一片黑暗。

◇
◆
◇

呂敬光張開了眼睛，但當他張開眼睛時，世界顛倒了。他看到的並不是建築物、行人或車子，而是看到了地面。

過了好一會，他才意識到發生了什麼事，此刻的他正處於頭下腳上的狀態，而就在這時，突然一雙腳走進了他的視野範圍，伴隨著的還有一些吵雜的聲音，可是那些聲音就好像是從很遠的地方傳來似的，十分模糊。

同時一張臉突然冒了出來，那不是別人，正是長谷川。「敬光！你沒事吧？快回答我！」她對他大喊著。

「我……沒事，妳……怎麼會在那裡？」呂敬光發出了聲音，但聲音非常微弱，就連他自己也幾乎都聽不見自己的聲音。

雖然長谷川沒聽見呂敬光在說什麼，可是當她看到了呂敬光做出了反應，臉上立刻露出欣喜的表情。「你沒事吧？敬光。」她又問了一次。「你動得了嗎？」

呂敬光動了動身體，雖然有一點小瘀青和擦傷，但他感覺自己沒有大礙，於是對長谷川又點了點頭，並試圖要解開身上的安全帶。

然而就在這時，他發現安全帶卡住了，不管怎麼用力就是無法解開。

「我來幫你，小心點。」長谷川說，隨後她的臉離開了呂敬光的視線範圍，取而代之的是她的腳開始猛踢車窗，將原本就有蜘蛛網狀裂痕的車窗給徹底踢破。

隨後她就四肢著地，匍匐爬進了車內。當她爬進車內後，就翻過了身，躺在車頂棚布上，與呂敬光面對面，四目交接。

兩人的距離相當的近，雖然是這樣頭上腳下的怪異姿勢，呂敬光還是不由得感受到了從長谷川那邊呼出的熱氣，然而就在這時，長谷川突然從口袋裡拿出了一把明晃晃的小刀。

「要是不小心弄到你，就和我喊一聲。」長谷川一邊這麼說，一邊開始用小刀將安全帶慢慢地割開。

長谷川用刀的技巧純熟，她小心翼翼地在割安全帶的同時，又不碰到呂敬光。很快的，安全帶就已經割開了一半。

「等一下小心別摔傷了，掉在我身上也沒關係。」長谷川又說：「別被小刀給割傷了。」

呂敬光點了點頭，於是長谷川加快速度，然後很快的，啪啦一聲，安全帶就完全斷開了。

呂敬光雖然已經有所準備，但身體還是因為重力掉了下去，還好下面的長谷川接住了他。「抓到你了，敬光。」

長谷川的身材很好，在被她接住的瞬間，呂敬光感覺到了一股柔軟，但又有一點彈性的感覺緊緊包覆住了他，讓他感受到了一種從來沒有過的溫暖。

「你還能動嗎？有沒有受傷？」長谷川用擔憂的語氣這麼問，不僅抱著呂敬光，還撫摸起他的身體，像是確認哪裡有傷口的樣子。

呂敬光有些不太好意思，於是便稍微掙扎了一下。「我沒『是』，謝謝『泥』。」他有些口齒不清地說：「現在，『偶們』出去吧。」

「嗯。」長谷川雖然擔心，但也知道這裡不適合久留。於是兩人便一前一後的，慢慢從車窗的破洞爬了出去，呂敬光爬出去的瞬間，外頭強烈的光線和聲音一股腦地朝他襲來，讓他不但睜不開眼，腦袋還開始一陣陣地抽痛了起來。

「沒問題吧，站得起來嗎？」在前頭的長谷川很快就發現了呂敬光的異狀，連忙伸出了手，扶起了呂敬光。

「謝、謝謝。」呂敬光有些搖晃，但還是站了起來，並感覺到自己的腦袋清醒了一點。「發生什麼事了？」

「車禍，為了閃避那輛載貨的牛車，我們打滑翻車了。」長谷川簡短地說道，並指向呂敬光的背後。

呂敬光轉身一看，第一眼看見的就是怵目驚心的景象——他們剛才乘坐的汽車已經整個翻覆，車體已經有些變形，黑色的油流了出來，還有一個輪子脫落，掉在一旁的路面上。

而在另一邊，則是一頭巨大的水牛，牠正在有點不安地不停甩頭喘氣，車伕則是在一旁努力安撫著水牛的情緒，而牛車上則是放了好幾個米袋，上頭寫著大大的四個紅字「隆慶米行」。

「沒有燒起來，已經算是運氣很好了。」長谷川又說：「更神奇的是，居然沒有波及到其他人，水牛受到驚嚇，但也沒有因此抓狂狂奔，只是呆呆地站在那，這就連老娘都覺得是神佛保佑，下次應該去拜一下了。」

一想到這可能造成的災難性後果，呂敬光不由得同意起了長谷川，同時又想到長谷川既然願意爬進這麼危險車內救他，便連忙道謝。「謝謝妳把我從裡頭救出來。」

「哼，這樣你就欠老娘一個人情了。」長谷川轉過頭去，不過還是可以看得到她的耳朵紅起來了。「老娘的將來還要靠你呢，怎麼能讓你在這裡那麼輕易地死掉。」

「是，就全都交給我吧。」呂敬光用肯定的語氣這麼說，但長谷川聽見後，便立刻轉頭看向他，臉上露出了驚訝的表情，同時臉頰也紅了起來。

「怎麼了嗎？」

「沒、沒事，你既然這麼說了，就要好好負責。」長谷川連忙否認，雙手抱胸，呂敬光雖然覺得奇怪，但見到這樣也不好再追問下去。「是……對了，岡部大人呢？」

他想到長谷川救出了自己，就忍不住想到了同樣在車內的岡部。「喔，他在那邊。」長谷川指了指一旁，岡部坐在一旁，見到呂敬光，便對他揮了揮手。

「他沒事吧？」

「沒事，只是腳踝扭傷罷了，休息個幾天就會好了。」長谷川用有些不在乎的語氣說，這讓呂敬光安心了不少。

然而，就在這時，他突然想到了另一個人，臉色也瞬間變得慘白了起來。「水月呢？」

聽到呂敬光這麼問，長谷川這時就漸漸地低下了頭，臉上也露出了難過的表情。呂敬光看到長谷川做出這樣的反應，不用多說也明白他們失敗了，而水月也被誘拐團帶走了。

一時間，他只覺得世界再次天旋地轉了起來。

◇
◆
◇

這裡是春山閣，水月的房間。

呂敬光抱著頭，坐在椅子上，岡部則是坐在一旁，手指頭不停地敲擊著桌面。另外一邊還有兩個警察，可是沒有人說話，這讓房間裡的氣氛沉默地有些可怕，兩人都默默地看著一張前面擺放著茶具的椅子。

那裡正是水月常坐的位子。

「……長谷川呢？」過了許久，呂敬光終於打破了沉默，他的聲音有些嘶啞，聽起來就像是一個已經好久沒有說過話的人一樣。

「不知道，她說有什麼事情，一下子就不知道跑哪裡去了。」岡部頓了一下，才又說：「我們先前又問了她一次有沒有被囚禁地點的線索，也調查了她之前說過的那家她被迷昏的小旅館。」

「結果呢？」

「兩邊都沒有收穫，囚禁地點那邊，她還是不記得在哪。」岡部用低沉的語氣這麼回答。「旅館那邊，原本的老闆已經把那家小旅館頂讓出去，人間蒸發了，就連員工也都是新的一批人，這條線索算是徹底斷了。」

「可惡！」呂敬光不由得用力地拍了一下桌子，讓桌子上的茶具發出了匡啷一聲。「這根本就是一個陷阱，他們早就已經預謀好了，要是那時候直接把那人渣給抓住就好了。」

岡部低頭不語，面對這樣的指控，他也只能做出這樣的反應。

呂敬光看向岡部，看了他的反應之後，先是深呼吸一口氣，之後才開口說話。「我沒有要責怪你的意思，雖然你們警察是要負責任沒錯，但這也是水月的選擇。」

「……謝謝你。」

「所以把你的手從劍柄上移開吧。」呂敬光這麼說：「先前就說過了，我不需要你的頭顱，我只想要水月平安回來。」

岡部這時才注意到自己的手正緊握著劍柄，他連忙鬆開了手。「對不起，我下意識就這麼做了，並沒有要以死相逼的意思……」

岡部的話還沒說完，這時，外頭突然傳來吵鬧聲。「岡部和大小姐在哪裡？」

「怎麼回事？妳是誰？」

「唉呦！放開我，妳弄痛我了！」

呂敬光和岡部都驚訝地互看了一眼，因為他們認出了其中一個聲音，但就在他們還沒做出任何反應之前，有人就把房門猛然推開，發出了砰的聲音。

「原來就是這裡啊，沒想到這個房間還挺雅致的嘛，老娘我還挺中意的。」大步走進房間的，正是長谷川。

不過，呂敬光和岡部兩人驚訝的倒不是她的突然出現，而是她手中抓著的一個男人，那個男人身材壯碩，膚色較深，可以看得出來他常常在外頭從事勞力工作。

只是，此刻的他，卻絲毫看不出來一點威風，他不但灰頭土臉，臉上都是泥巴和髒汙，而且還被長谷川抓著衣領，嘴裡也不斷地在求饒。「唉呦，饒了我吧。」

「長谷川小姐，這人是……」呂敬光忍不著提出了這個在場所有人共同的疑問，而長谷川則是將抓著男人衣領的手鬆開，讓男人摔落到地上，才開口解釋。「這傢伙，就是我先前的那些『同伴』，也就是把我迷昏的人之一。」

「什麼！」岡部猛然站了起來，而兩名警察也衝了過去，將男人制伏。

不過男人卻絲毫沒有掙扎，還用與其壯碩身材相反的軟弱語氣大聲求饒了起來。

「等等！我和這件事無關！大人饒了我吧！」

「是啊，你就繼續狡辯下去吧。」

「是真的！不然我早就跟他們一樣出海了，才不會留在這裡！」男人大聲地解釋。

「那麼，把你知道的一切全部說出來吧。」岡部舉起了手，暫時制止了兩個警察。「你最好別想說謊，這案子高等警察課也有參與，要是知道你說謊，你接下來就會直接被送到那裡去。」

一聽到高等警察，男人瞬間變了臉色，全身也都害怕地發抖了起來。「不、不要！請不要把我送到那種活地獄去！」他這麼哀嚎了起來。

「那麼，首先是你的名字。」

「我、我姓林，叫勇輔。」男人顫抖地說：「大家都叫我阿勇。」

聽到阿勇的名字，岡部皺起了眉頭，因為這名字有些不好辨認。「你是哪裡人，從海外來的，還是是本地人？」

「他是混血兒。」長谷川在一旁這麼補充。「他爸爸是從海外派遣到這裡的，在他出生沒多久就人間蒸發了，媽媽是本地人，因為生他難產而死。」

「你做這種事情，難道都不覺得會對不起在天國的母親嗎？」岡部聽到後，忍不住這麼訓斥起阿勇。

「咿！真、真是萬分抱歉！」阿勇抱著頭，連忙求饒。

「……算了，那麼說說和長谷川有關的事情。」岡部又繼續問下去。「把你們怎麼計畫，在迷昏長谷川之後把她送到哪，你的其他『同伴』又去了哪裡，這些都要好好從實招來，不准說謊或抵賴！」

「是、是！」阿勇連忙回答，並一口氣就說出了一大段。「最近因為你們警察調查賭場調查得很勤，賭場害怕被查獲，想要先撤出這裡躲躲風頭，包括我們這些在賭場工作的人在內，好多人都丟了工作。」

「我們沒了收入，可是日子還是得要過啊，這時剛好有人在道上放出風聲，說國外有些有錢人缺婢女或小妾，所以要是有上等的『好貨』，就願意以高價收購。」

「我的同伴們聽到後，心都有點癢了起來，但我們平常不幹這種勾當，所以也不知道該怎麼做，這時剛好有人把歪腦筋動到了長谷川身上，說反正幹完這一票就能撈到一大筆，以後也就不用再幹仙人跳，長谷川也就沒用了。」

「大伙聽到後，心思也都動了起來，最後就偷偷和放出風聲的人合作，對方一開始不願意，可是看到長谷川後，眼睛就亮了起來，說這是『好貨』，於是便教我們假裝仙人跳，之後再偷偷把長谷川迷暈，之後分帳時他二我們八。」

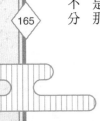

「雖然要拆帳，可是那還是一大筆錢，所以大家都同意了，之後開始計畫，可是那天我因為吃壞肚子，沒有參加，之後分錢的時候他們也以我不在場為由，死活都不分

我，而且為了避免報復，他們也都隨賭場逃到了國外。」

「正當我還在想以後該怎麼辦，到處找門路的時候，長谷川就突然上門，把我痛毆了一頓後再帶到大人您的面前了。」

「呵，還說什麼『同伴』。」長谷川在一旁聽完後，忍不住冷笑說：「說得那麼好聽，結果只是把我當『好貨』啊。」

「這麼聽起來，你雖然沒有參與行動，但知情不報也是同罪。」岡部也這麼說：「看來還是得要送去……」

「等、等一下！」阿勇見到情況不妙，連忙大聲地這麼說：「我、我還有線索可以提供！」

「喔？」

「是的，我在到處找門路的時候，碰巧在港町三町目那一帶發現了先前和我們聯絡的那個誘拐團成員，也就是之前主導迷昏長谷川的那個男的！」阿勇急急地把一條寶貴的線索給供了出來。

碰的一聲，呂敬光猛然站了起來。他在站起來的時候，不小心撞到了桌子，可是他顧不得疼痛，而是盯著阿勇。

「那傢伙在哪？」他氣勢洶洶地這麼問，畢竟那男人不只迷昏了長谷川，還帶走了水月。

「廟口附近的一棟工寮裡！」阿勇被呂敬光嚇到，結巴地說：「我那時候怕他跑掉，所以偷偷跟蹤他，好不容易才跟到他住的地方。我本來還計畫要怎麼敲詐那傢伙，可是還來不及進行就被抓到這裡來了。」

他們最後追丟水月的時候，那輛人力車正是往港町的方向前進，再加上先前長谷川說過自己聽到他們提到了三町目，這樣一來，阿勇的證詞可信度就增加了不少。

「哼，你真的很擅長出賣別人呢。」然而長谷川聽到這條線索後，卻是冷笑了一聲，讓阿勇羞愧地低下了頭。

「你們都聽見了吧。」不過岡部並沒有理會他們的互動，而是對另外兩個警察說：「立刻召集人手，對那棟工寮進行調查，我不要任何風聲傳出，另外，把他也帶過去。」

岡部指了指阿勇，然而阿勇卻連連搖頭。「我、我不要！」他這麼大聲地說：「要是誘拐團的人看到我出現在現場，一定會知道是我出賣他們的！」

「好啊，不去也可以，我們把你送到高等警察那邊去，讓他們保護你怎麼樣？」岡部冷冷地說，阿勇聽到後則是面如死灰地低下了頭。

「『我也要去。』」而與之相反的，則是長谷川和呂敬光，他們立刻就做好了出發的準備，還異口同聲地這麼說，而岡部則是看著他們，卻說了這麼一句。「長谷川和我來，呂桑的話，請先在這裡休息。」

「為什……」

「你才剛出車禍，而且還昏迷過，現在應該讓身體好好恢復才對。」岡部知道呂敬光的想法，因此馬上就這麼說：「我去，是因為這是我的責任，而讓長谷川參加，是因為她能幫忙控制這傢伙。」

「這……」呂敬光雖然知道岡部說的話有道理，可是看著其他人去救水月，心情上還是很難接受。

「沒關係，就交給老娘吧，老娘還有一筆帳還沒和他們算。」長谷川拍了拍呂敬光的肩膀，這麼安慰他。

「別擔心，按照先前長谷川的描述，他們必須等漲潮的時候，才能把人送出。」岡部這麼安慰他，並拿起了晚報，確認了一下潮汐表。「剛好下一次漲潮要到明天中午十二點，我們一定會在那之前就把人逮捕到案的。」

「……我明白了。」呂敬光最後點了點頭，但又補充了一句。「但是，我有一個請求，要是捉到了那個誘拐團的成員，請立刻派人來通知我。」

「沒有問題。」

「你就好好療傷吧。」岡部和長谷川起身，並隨同另外兩個警察拉著阿勇走了出去，而呂敬光則是一個人站在房間裡，目送著他們離開。

◇◆◇

「不好意思，我晚到了。」呂敬光匆匆走進房間，一邊脫下外套，一邊這麼說。

房間裡頭的所有人目光都看向了他，長谷川率先走了出來。「你來得還真快，大小姐，我們都還沒開始審問呢……你真的有好好休息嗎？」

她看向呂敬光，呂敬光微微別開頭，不希望自己眼中的血絲露了餡。「你們離開後，我就一直躺在床上。」他避重就輕地說。

不過事實上是他雖然躺在床上，但一直都翻來覆去，始終都睡不著，所以才能一接到通知，就馬上趕來這裡。

「好了，既然你到了，我們就開始吧。」岡部從一旁走了過來，並這麼說。

「這些人全部都是你們抓的嗎？」呂敬光看向房間裡頭，這是一間很大的房間，除了他們和警察之外，還有另外五、六個人。

這群人衣衫不整，散發出一股汗臭味，有的人臉上都是髒污，有的甚至只穿著一件褲叉。他們的一隻手都被銬在一旁的鐵柵上，並蹲坐在地上，看起來相當狼狽。

「這些人是為什麼被抓到這裡來？」呂敬光又問。

「他們是不配合調查，而且還反抗警察的傢伙。」岡部搖搖頭，又說：「其他只要提出身分證明，而且確認過沒有被通緝，就會直接被釋放了，所以這群傢伙肯定有問題。」

「說什麼鬼話？是你們警察隨便就闖進來，說要取締，你們憑什麼這麼做？」其中一個人突然這麼大喊了起來，他的臉上有著一層厚厚的油垢與髒污，瞪大了血紅的眼睛，看起來非常可怕。

「憑的就是這張從仕紳院下來的取締令，這可是經過正式法律程序的，所以不要再嘰嘰歪歪了。」岡部拿出了一張紙，上頭蓋著仕紳院的大印，之後又說：「既然你還很有元氣，那就先從你開始好了，來人，把他的臉給弄乾淨。」

「是。」一名警察這麼說，隨後就拿出了一條沾了水的毛巾，有些粗魯地把那人的臉胡亂擦拭了起來。

「你他X的！不要用你的髒手碰老子……」那人開始掙扎，並破口大罵，但是旁邊的警察緊緊壓制，警察擦完之後，這才放開他。

警察一放開他，那人就倔強地抬起了頭，瞪著他們，而這個舉動，讓呂敬光等人瞬間瞪大了眼。

「是你！」呂敬光忍不住這麼大喊了起來，語氣中充滿憤怒與驚喜。在黑色的油污下，那人有著一張帥氣俊俏的臉龐——就和拐走水月的人長得一模一樣。

「我要把他帶去單獨訊問室。」岡部立刻這麼吩咐。「其他人就交給你們處理。」

「「是！」」其他警察這麼說，岡部則是將那帥氣男人的手銬解開，就將他強硬地拉到了一旁的小門。

岡部打開了小門，裡頭是一個小房間，小房間裡就只有一張鐵桌、兩張鐵椅和牆上的話筒而已。頭頂上的電燈泡照射著強烈的白光，在呂敬光和長谷川進來後，將他們的影子投射在白色的牆上，反而營造出鬼影幢幢的詭異感。

「好了，乖乖招供吧。」岡部將帥氣男人銬在鐵桌上，一開口就這麼問：「你的同伴現在在哪？」

「同伴？不就是被你們莫名其妙抓到這裡來了嗎？」那帥氣男人用強硬的語氣這麼說，一幅就是不肯配合的樣子。

「別狡辯了！快點說出水月在哪裡？」一旁的呂敬光忍不住怒吼。

「你們在說什麼？老子根本不認識什麼水月。」帥氣男人瞪著呂敬光，大罵了起來。「你們這群政府的走狗，要栽贓就隨便你們吧，可是別想要老子去配合你們！」

「你……」

「等一下，他就是想要故意激怒我們。」聽到呂敬光被這麼污辱，長谷川本來想要上前，給帥氣男人一點教訓，不過岡部制止了她。「告訴我你叫什麼名字？哪裡人？今年幾歲？職業是什麼？」

「老子姓『老』，名『子』，是你家人，年紀比你還大，職業就是你老子。」帥氣男人大聲地這麼說，臉上露出還挑釁的表情。

「哼，不合作是嗎？沒關係。」岡部聽到對方這麼說，並沒有生氣，反而是冷笑了一聲。「高等警察最喜歡像你這種人了，他們知道後一定會對你很有興趣。」

「……我叫張簡阿榮，是這裡人。」張簡阿榮雖然不願意，但聽到高等警察的大名之後，最後還是乖乖回答了。「今年二十六歲，現在在碼頭當長工，主要工作是搬運漁獲。」

見到張簡阿榮屈服，岡部並沒有放過這個機會，於是便繼續逼問下去。

「為什麼要反抗？」

「因為有過前科。」

「什麼前科？」

「我有一次喝多了，就去偷了一輛租車行的車，之後又不小心撞到人。」

「幫我找一下檔案，名字叫張簡阿榮，有過竊盜和酒駕的前科。」聽到這裡，岡部拿起了話筒，這麼吩咐，之後又冷笑了一聲。「紀錄還真輝煌，不過，看來現在還要再加上一條誘拐罪了。」

「什麼誘拐罪？」張簡阿榮沒有憤怒，反而是露出了困惑的表情。

「別裝了，昨天上午十點，你不是去了公園，誘拐走了一位女子嗎？」

「你到底在說什麼？我昨天中午以前一直都在租屋處睡覺。」

「是啊、是啊，我猜就那麼剛好沒有人證吧。」岡部冷笑著說：「不要再狡辯了，我們這裡至少有十幾個人，包括這位先生和小姐在內，都可以指認你是誘拐團的成員。」

「等一下，誘拐團？到底發生了什麼事？我是真的不知道你們在說什麼。」聽到誘拐團，張簡阿榮著急了起來，他身體向前傾，急忙地說：「我是因為前天和朋友去喝酒，喝了個爛醉，才睡那麼久，我朋友都可以為我作證！」

「既然是你朋友，那要串供也很容易吧。」岡部依舊搖了搖頭。「讓我猜猜，和你喝酒的朋友現在就在外頭的那群人裡面，對不對？」

張簡阿榮悶不吭聲，顯然是被岡部說中了，一時間，場面陷入僵局。

然而，就在這時，呂敬光突然感覺自己的腳被輕踩了一下，轉頭一看，發現是長谷川在對他使眼色。

「岡部大人，我們應該休息一下了。」呂敬光察覺到長谷川似乎有話要說，於是便對岡部這麼說。

而岡部雖然一時間愣了一下，但還是順著呂敬光的話。「也是，我就給你一點時間，你好好想想吧。」他對張簡阿榮留下這麼一句話後，就和呂敬光與長谷川一起走了出去。

◇
◆
◇

「張簡阿榮可能不是犯人。」一走出去，長谷川開頭就這麼說。

「……什麼？」聽到長谷川這麼說，呂敬光不禁愣住，而岡部則是更直接地問：「妳也看到張簡阿榮的長相了吧，就和我們那天在公園裡看到的那個帥氣男人一模一樣啊。」

「老娘知道……可是……該怎麼說呢？」長谷川搔了搔頭，皺著眉，臉上也露出了為難的表情。「總覺得張簡阿榮哪裡不同……應該說是談吐嗎？還是給人的氛圍嗎？」

「也許他是想要蒙混，很多犯人演技都很好，演起戲來簡直就是另外一個人。」岡部搖搖頭，又說：「況且是專門誘騙良家婦女的誘拐團，演技不好還不行哩。」

「老娘知道啦！只是……就是覺得有哪裡不對。」長谷川依舊眉頭緊皺，顯然心中的疙瘩還是沒被化解。

不過就在這時，原本一旁都沒說話的呂敬光突然開口了。「岡部大人，要不我們先不要假設張簡阿榮就是犯人呢？」

「……這是什麼意思？呂桑。」

「我的意思是，我們先確認張簡阿榮不是誘拐團的可能性，直到完全沒有，在開始調查。」呂敬光解釋到這，又說明了原因。

「長谷川的觀察力十分敏銳，還記得她在公園裡一眼就看出有幾個警察了嗎？既然她覺得有問題，我們不妨再多確認也不遲吧。」

「嗯……既然呂桑都這麼說了，那就試試看吧。」岡部雖然有些猶豫，但最後還是點了點頭，答應了要求。

三人又走了進去，而這次，張簡阿榮馬上就抬起了頭，只是這次臉上顯露的不是敵意，而是熱切的表情。「怎麼樣？我朋友可以為我做證吧！」

「確實有證據說你『可能』是無辜的。」岡部見到張簡阿榮轉變態度，便趁機說：「不過你還沒完全洗刷嫌疑，能不能完全洗刷嫌疑，就看你怎麼配合了，先從你睡醒之後做了什麼開始吧。」

岡部巧妙地利用希望引誘張簡阿榮，還特地在可能兩個字上加重語氣，這讓張簡阿榮一改剛才的態度，乖乖配合了起來。

「那天因為是難得的假日，其他人都出去了，就只有我一個人在房間裡頭睡覺，我一直睡到下午才去附近廟口的麵攤吃飯。」張簡阿榮說到這裡，又很快地補充了一句。「那個老闆和我很熟，可以幫我作證。」

「這不行，我們失去那人渣蹤跡的時間是在中午以前。」長谷川聽到後，連連搖頭。

「嗯，只要事先找好地點，要從那裡把迷暈的水月藏起來，在跑到那裡吃飯，時間上是相當充裕的。」岡部也點點頭。「這不能作為不在場證明。」

「……對了，長谷川小姐。」就在這時，呂敬光突然想到了一條線索。「我記得妳說過，妳在被迷暈和逃跑的那一天，那個人都有出現，對不對？」

「啊！」長谷川拍手，發出了恍然大悟的聲音，但很快，卻又露出了不太開心的表情。

「怎麼了嗎？」呂敬光連忙這麼問，可是長谷川卻是看了他一眼後，嘆了口氣。

「……唉，沒事。」她先是這麼回答完呂敬光，之後才轉向張簡阿榮問說：「上個月的二十號，那天中午你在哪裡，做什麼？」

「上個月的二十號……我早就忘了好嗎？」張簡阿榮露出了茫然的表情，之後才說：「誰會記得那麼久以前的事情啊！我大概在工作吧。」

雖然張簡阿榮還是給出了一個答案，可是這個答案自然不能讓他們滿意。

「再仔細想想，有沒有人能幫你作證？」岡部這麼說，可是換來的是張簡阿榮不斷搔著頭，卻始終疑惑的神情。

這個不在場證明也無法成立，三人互看了一眼，現在只剩下一個機會可以確認張簡阿榮是不是有嫌疑。

「那麼……在一個禮拜前的星期三晚上。」這次換呂敬光問：「你在哪裡？做些什麼？」

那天是長谷川逃離誘拐團的日子，根據她的說法，誘拐水月的帥氣男人也在追捕她的行列當中。

「我在哪裡……這……」張簡阿榮更用力的抓頭，力道大到讓人懷疑他會不會把頭髮給扯光。「我記得我是在工作……是在……啊！」

正當岡部等人覺得這條線索也不可能的時候，張簡阿榮突然大叫一聲，臉上露出了得意的表情。

「老子送貨去春山閣，從早上工作到晚上！」他用宏亮的聲音大聲地說：「因為那天是隆慶米行老闆娘的生日，所以春山閣那邊叫了許多貨，不只是朋友，就連春山閣的廚師、學徒都能為我作證！」

◇
◆
◇

「春山閣那邊確定了，張簡阿榮確實那一天從早到晚都在那裡，因為隆慶米行老闆娘的壽宴辦到半夜。」呂敬光放下話筒，靜靜地這麼說。

「另外，上個月的二十號，張簡阿榮在中午的時候喝酒起酒瘋，因為聚眾鬥毆被抓到了警局。」岡部拿起了張簡阿榮的檔案，遞給了呂敬光。「他有相當明確的不在場證明，兩人只是長相相似而已。」

「可惡！」長谷川忿忿地拍打了一下桌子。「一切又回到原點了。」

「我不懂，我們去搜捕張簡阿榮的時候，已經把整個港町都翻了過來。」岡部露出不可思議的表情，搖搖頭說：「如果水月真的被關在那裡，那麼絕對不可能連一點線索都沒有啊？」

「不管怎麼說，還得要再搜查一次，一定有什麼是你們漏掉了。」呂敬光放下手中翻找的資料，站了起來。「這次我也跟你們一起去……怎麼了？」

他站了起來，可是岡部卻是坐在原地，一動也不動，臉上露出了懊悔的表情。

「剛才高等警察派人過來了，就是指揮那次逮捕行動的隊長。」岡部嘆了一口氣，才說：「他一看到張簡阿榮，就一口咬定他是犯人。」

「……什麼？可是他有不在場證明啊！」

「那不重要，至少對那位隊長來說。」岡部深呼吸一口之後，才說：「而且這個案子的主導權還是在高等警察手中，現在他們的調查方向完全是在針對張簡阿榮。」

「這是在浪費時間！」長谷川忍不住這麼大叫，可是換來的是岡部疲憊的表情。

「我知道，但我沒有權力，要知道，這種跨國案件本來就是高等警察在偵辦的，沒有他們的命令，我們警察就不能出動，更別說去搜查港町了。」

「馬鹿野郎！」這是長谷川罵的，不過岡部並沒有制止她。

「那現在該怎麼辦？之前他們就說過漲潮的時候，就會把『貨』送出去，現在已經……」長谷川看向牆上的時鐘。「已經過了十一點了，只剩不到一個小時了！」

「別緊張，也許水月能夠逃出來，就像妳那時候一樣……」

「不可能，先不論那個水月能不能跑得像老娘一樣快，那群人渣先前才讓老娘逃出來，現在肯定會加強看守，搞不好還會加重藥量迷暈她！」

「我……呂桑！你還好嗎？」岡部還來不及說什麼，就看到呂敬光搖搖晃晃地，幾乎快要直接倒下來。

幸好一旁的長谷川眼明手快，連忙抱住了他，這才讓他沒有摔倒在地。「謝謝……我沒事……」呂敬光虛弱地說：「只是突然覺得頭暈一下而已……」

「小心一點……」長谷川慢慢地扶著呂敬光坐到了一旁的椅子上，並讓他躺在了自己的大腿上。「怎麼樣？好一點了嗎？對不起，我剛剛不應該那麼說的……」

「這不是妳的錯，不好意思，躺在妳的腿上……」雖然是在這種場合讓長谷川為自己膝枕，但呂敬光並沒有感到害羞的那份餘裕。

「不會……希望你不會覺得不舒服。」長谷川溫柔地用手梳著呂敬光的頭髮。「畢竟我常常在跑步，所以大腿都是肌肉……」

「並沒有這回……」話說到一半，呂敬光突然停了下來。

呂敬光的停頓讓長谷川有些驚慌了起來。「怎麼了？該不會……我的腿真的硬得像石頭那樣吧？」

「不是，我突然想到了一點，岡部大人，可以請你給我一張地圖嗎？」

「地圖？你是指這附近的地圖嗎？」岡部雖然困惑，但還是從一旁的檔案櫃中找出一張地圖。

「沒錯，唔……」呂敬光本想坐起來，可是還沒起身，他就又感到一陣暈眩。

「不可以這麼勉強自己。」長谷川這麼說，並抱住了他，輕輕地扶著呂敬光躺在她的大腿上，讓呂敬光的後腦杓再次感受到那Q彈的觸感。

岡部將地圖放在地上，並攤了開來，而呂敬光則是側過身來，用手指著地圖。

「先前，因為發現長谷川小姐的地點是在港町，所以我們一直都有種先入為主的觀念，覺得誘拐團的據點就在港町。」

說到這裡，呂敬光有些喘，因此深呼吸一口後，才提出了一個疑點。「可是，要是其實不是這樣呢？」

「「什麼？」」岡部和長谷川異口同聲地問。

「港町雖然是許多貨物的集散地，可是能出海的地方不只一處。」呂敬光的手順著一條河道，沿著上游方向移動，最後停在了一處。

「入船町嗎？」岡部看著呂敬光最後手停留的地方，這麼說。

「沒錯，長谷川小姐說過她非常擅長跑步，而且那次她感覺沿著河跑了很久，如果撇開藥物的影響，她是真的跑了很久，再加上那次是為了逃命而跑，速度肯定很快，那麼我認為是有可能從這裡跑到港町的。」

「……確實，雖然最後見到人力車時，他們是往港町的方向去。」岡部開始思考了起來。「但同時也可以解釋是往入船町的方向，畢竟兩個町就在隔壁，轉個彎就是了。」

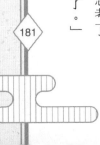

「沒錯，而且就像你們先前說過的，你們已經把整個港町都搜過了一次，如果水月真的被藏在那裡，不可能沒發現任何線索。」呂敬光最後這麼總結，說：「這麼一來，我感覺長谷川小姐聽到的三町目指的不是港町，而是入船町三町目……長谷川小姐，怎麼了？」

雖然是躺著，可是呂敬光還是注意到了長谷川的臉上露出了不太開心的表情。「難道我的推理有錯嗎？」

「不是……沒事啦。」長谷川有些粗暴地說：「你的推理很好，老娘也同意你的看法。」

「……這樣嗎？」雖然呂敬光還有些疑惑，可是岡部這時突然這麼問：「你對你的推理有幾分把握？要是趕在隊長來這裡之前下令的話，我想是能對那進行搜查，可是如果沒有斬獲，那之後就真的不可能再調動警力了。」

岡部說的這些話，讓現場的氣氛立刻變得嚴肅了起來，一時間，所有人的目光都聚集到了呂敬光身上，而呂敬光則是低著頭，一言不發。

「……說真的，推理，我並不擅長，水月才擅長做這種事。」在沉默了一會之後，呂敬光最後抬起頭，緩緩地說：「只是，要是你問我對這次的推理有幾分把握的話，那麼我可以回答——我有百分百的把握。」

「好！」岡部點點頭，同時從桌上拿起了話筒。「所有人員聽令，我們現在要開始臨時搜查行動，除了最低人員配置之外，所有小隊都要出動，地點為入船町三町目！」

岡部的話音剛落，警鈴就隨即響起，整個警察局也充斥著各種腳步聲和吆喝聲，而三人也做好了準備，走了出去。

◇
◆
◇

三艘快艇疾駛在河面上，風呼嘯地吹著，使得水花不斷拍打著快艇，在加上同時還伴隨著馬達轟隆隆的聲音，讓在快艇上頭的呂敬光一時間感覺彷彿整個世界都是如此的不穩定。

「就要到入船町了！」岡部轉過頭，用最大的聲量才讓他們聽見他的聲音。「岸上已經有警察開始進行搜尋，可是目前還沒找到什麼，而我們則是負責搜索水路這邊。」

「要怎麼做？」長谷川也這麼大吼著，而岡部則是回應。「只要看到可疑的船隻，就通知我們，我們會登船搜尋！」

「不能每艘船都搜查嗎？」呂敬光忍不住這麼問，可是岡部卻搖搖頭。

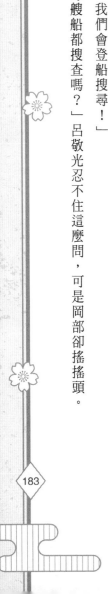

「你自己看了就知道。」或許是吼太大聲，他只是簡單地這麼說。

呂敬光一頭霧水，但很快，當他看到河道的情況後，這才恍然大悟。隨著漲潮時間一到，河道上開始出現大大小小的船隻，有漁船、渡輪、貨船，甚至還有小型軍艦，忙碌的程度完全不輸給陸上任何一條馬路。

快艇的速度放慢了下來，只為了保持引擎動力而維持在最低動力。風頓時變小了不少，引擎也從轟隆隆變成了嗡嗡聲。而快艇上的所有人頓時間不由得產生出了一種錯覺，好像周遭變安靜了。

其他船隻這時則是一一繞過他們，與他們交錯而過。

呂敬光張大眼睛，絲毫不敢眨眼，深怕會因為這樣而錯過什麼線索，可是往來的船隻實在太多，他很快就眼花撩亂，並變得多疑了起來。一下覺得那艘船開得那麼快，是不是想要避開搜索，一下又覺得那艘船開那麼慢，是不是因為看見他們所以心虛。

他感覺到汗珠從他的額頭上滑落，手心也冒出了冷汗。

「有任何發現嗎？」這時岡部在一旁這麼問，從緊皺的眉頭來判斷，他似乎也沒有發現。

「……沒有。」呂敬光咬著牙，艱難地擠出了這麼一句話。他不敢去想要是直到最後一艘船離開，他們還是沒有找到水月的話，會怎麼樣。

「別著急，做這種事就是要有耐心。」似乎聽出呂敬光語氣中的擔憂，岡部安慰著，同時又問了長谷川。「長谷川，妳那邊呢？怎麼都沒說話。」

「嗯……」呂敬光轉頭看向長谷川，只見到她直直地盯著一艘船，或者更精確地說，是那艘船上的人。「那個人該不會……可是……」

「怎麼了？」呂敬光順著長谷川的目光看過去，發現那是一艘貨船，船上載滿木箱，上頭印著「隆慶米行」的字樣，甲板上還有不少水手在跑來跑去，似乎是在為啟航忙碌的樣子。

但是當呂敬光看清楚長谷川看的人時，他不禁屏住了呼吸。

「岡部大人！那艘隆慶米行的貨船！」他這麼喊叫了起來，岡部立刻拿起望遠鏡，仔細觀察。而很快，他也露出了驚訝的表情。

「是那人渣嗎？」在那艘船上，他們同樣看到了一個穿著西裝的帥氣男子——長的就和當初拐走水月的人一模一樣。

「我不確定……」長谷川皺起眉頭，說：「除了距離太遠之外……另外，該不會還會有第三個長得像那人渣的人吧？」

「這……」岡部也想到了張簡阿榮，深怕會認錯人。「要是認錯，可能會因為浪費時間在這上頭，反而讓真正的誘拐團逃走……」

就在兩人猶豫的時候，出乎意料的，呂敬光卻是相當堅決。

「一定是他！」呂敬光大聲地說：「再怎麼說，貨船的船員怎麼可能會在出海時穿西裝呢？」

「所有單位注意，目標已經確定。」岡部聽到呂敬光這麼說之後，立刻拿起了無線電。「目標是那艘隆慶米行的貨船，我們要攔下那艘船！」

尖銳刺耳的警鈴立刻響起，打破了整個河面的寧靜，同時三艘快艇也出動，駛向了隆慶米行的貨船。

「我們是警察，現在立刻停船！」岡部又拿起了一個喇叭，大聲地對隆慶米行的貨船這麼說：「我們要上船檢查！」

或許是聽到了警告，貨船緩緩停下，而三艘快艇則是從左右和前方包圍住了貨船。岡部則是和幾個警察從船艙裡拿出了一塊長長的木板，搭在對方的船上，當作臨時的通道。

「你們要一起上去嗎……我想這是個蠢問題。」岡部轉過頭，才剛這麼問，立刻就又自嘲地自答了起來。

「我們過去吧。」呂敬光已經做好準備，而長谷川則是對他說：「嗯，你要小心腳下。」

除了一個警察留在快艇上之外，包括呂敬光、長谷川的所有人陸續爬上木板，登上那艘貨船。雖然因為停在河中央，再加上是漲潮的關係，因此他們腳下的木板也不停搖晃著，但最後所有人都有驚無險地登上了對方的貨船。

「警察大人，請問有什麼事嗎？」當所有人都登船後，一個看起來像是船長的中年人走了出來，並這麼問。

「檢查，我們懷疑你這艘船和誘拐團合作。」岡部毫不客氣地說：「特別是我們剛才在這艘船上看見了誘拐團的成員！」

岡部的話，讓在場的水手都議論紛紛了起來。

「什麼誘拐團？」

「怎麼可能？」

「別開玩笑了！難道警察就可以這樣為所欲為嗎？」

「安靜！」岡部瞪大雙眼，這麼一聲喝斥，使得周遭的水手都安靜了下來。「我們可是有搜索令的，船長，船上的所有人都在這裡嗎？」

岡部拿出了一張紙，上頭印著鮮紅的仕紳院印章，船長看過之後，才點點頭。「是的，所有人都在這裡了。」

呂敬光快速地掃過一圈，可是在人群中，並沒有剛才的那個身影。

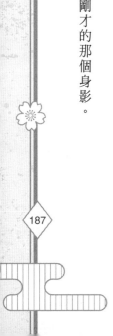

「沒看見那人渣。」長谷川則是小聲地這麼說，只有在旁邊的呂敬光和岡部能聽見。

岡部點點頭，但並沒有露出憂慮的表情，而是大聲地宣告。「我們現在要徹底搜查這艘船，確保船上沒有任何不法情事。」

「什麼？別開玩笑了！」

「你知道這會花多少時間嗎？萬一錯過漲潮該怎麼辦？」

「萬一延誤了，我們要怎麼賠償貨主損失啊！」

岡部的宣告，讓在場的水手忍不住這麼大聲抗議了起來。

「好了，大家冷靜一點。」出乎意料的，率先開口讓水手安靜的人竟然是船長，他先是對水手們這麼說，之後再轉過頭對岡部這麼說：「警察大人，雖然你有搜查令，不過不要忘了這艘是隆慶米行的船，咱們的老闆娘可是仕紳院院長夫人的閨密啊。」

船長的話語中帶刺，這讓其他警察露出了擔心的表情，一個警察走向岡部，對他附耳說道。「前輩，你確定嗎？萬一看錯了，那麼之後肯定不是被記大過就能了事的。」

「不可能看錯的。」與之相反，長谷川卻是露出了確信的表情。「雖然距離很遠，可是就算會看錯人臉，但衣服是很難看錯的，而這裡可沒有哪個人穿著西裝啊。」

「嗯。」長谷川的這番話，讓不少人露出了安心的表情，而岡部則是點點頭，說：

「把這艘船徹底地搜查一遍，牆壁地板都要敲敲看，後面可能有暗艙、夾層，另外，也不要放過任何一個木箱！」

◇
◆
◇

「報告，已經做完確認了，這裡也沒有任何暗艙或夾層。」過了將近兩個小時，他們這才搜查完最後一個船艙，而一名警察回到甲板，向岡部這麼報告。

「嗯。」岡部點點頭，之後轉身看向了甲板上的木箱。「所以，最有可能的地方就是在這些木箱當中了嗎……」

甲板上堆放著大量的木箱，數量至少將近一百個，而且每個木箱尺寸都不小，如果要一一打開來檢查，肯定是一項浩大的工程。

這讓警察們的臉上都露出了難色，而水手們則是在一旁露出了竊笑。

「警察大人，這木箱裡頭的貨物可都是米，要是拆開又灑出來的話，可是很難清理的。」這時，船長在一旁說話了。

「況且……剛才在駕駛艙那邊，咱們老闆娘用無線電發了好大一頓脾氣，對咱們到現在都還沒出海罵了一頓，好像已經聯絡了仕紳院院長的夫人，說什麼要『溝通溝通』。」

「另外，咱好像還聽說……高等警察那邊似乎也不怎麼高興啊，似乎他們好像說已經逮捕了誘拐團，說您這是不聽指揮啊，似乎是要馬上派船過來，處理這些『擾民』的惡警喔。」

「多謝通知。」雖然船長用陰陽怪氣的語調威脅著，但是岡部並沒有發怒或緊張，而是冷靜地這麼說。

可是一旁的警察們明顯都露出了焦慮的表情，這時，一名警察從口袋裡拿出了一張紙，並走向岡部。

「前輩……這是剛才從我們那邊的船傳過來的，船長說的是真的。」他對岡部這麼說：「高等警察確實要來了，等他們一到，我們就不能繼續搜查了，這麼多木箱，我們沒有時間可以一一確認啊。」

「唔……」見到情況變成這樣，就連岡部也不由得露出了猶豫的表情，相反的，一旁的船長和水手則是露出了得意的笑容。「哎呦，警察大人要夾著尾巴逃跑啦？」

「剛才不是還挺威風的嗎？」

「嘿嘿嘿，現在低頭的話，我們也不是不能原諒你喔。」

「喂！就只差那麼一點了！怎麼能讓誘拐團逃走？」見到這樣，長谷川踏前一步，忍不住這麼大叫。

可是警察們的表情依舊沒有改變，呂敬光內心也焦急了起來，而這時，一陣風吹起，並挾帶著河水特有的泥土氣味，刺激著呂敬光的嗅覺。

雖然有些不好聞，但這讓呂敬光突然靈光一閃，有了一個大膽的想法。

「岡部大人，既然時間不夠，那就沒辦法了。」他走向岡部，並這麼說。

「……什麼？」

「蛤？」岡部和長谷川都露出了詫異的表情看向他，難以相信他竟然會說出這樣的話出來。

然而呂敬光的下一句話，則是讓在場所有人的目光都聚焦在了他身上。

「既然沒辦法一一檢查，那就只好用警犬來聞聞看了。」呂敬光一本正經，裝得若有其事的樣子，這麼說：「剛才船艙那因為有食物，所以沒動用警犬，可是這些木箱只有米而已，只要警犬一出動，一下就能找到了。」

聽到呂敬光的話，在場的所有人都有了反應，可是反應卻各不相同，水手們收起了剛才得意的微笑，露出了謹慎的表情，然而警察們卻都愣了一下。

「警犬？我們有帶嗎？」

「我這艘船上沒有，你呢？」

「我那也沒有。」

岡部雖然也知道他們沒有帶警犬，但表情卻始終保持著鎮定，而反應最快的是長谷川，她臉上的表情馬上從詫異轉變成理解，之後，她轉頭，和呂敬光一起將目光聚焦在了一個人身上。

那個人便是船長。

船長是所有人當中唯一一個做出與其他人都完全不同反應的，他滿頭大汗、臉色慘白，同時，目光也在一瞬間看向了在右舷角落的一個木箱。

雖然他馬上又轉移目光，但這一幕，還是被兩人給清楚地捕捉到了。「在那裡！」他指向剛才船長看向的木箱，這麼大聲說：「搜查那個木箱。」

「你們聽到了，現在去搜查那個木箱！」岡部立刻這麼下令，警察們紛紛衝上前，來到了木箱前。

乍看之下，這只是一個普通的木箱，可是很快，他們就發現到了疑點。

「木箱上怎麼會有洞？既然是裝米，那鑽洞不是容易會讓米灑出來嗎？」長谷川首先提出疑問。

「這木箱封口也有些粗糙，這些封條像是被人撕開後再重新貼上一樣。」呂敬光仔細看了一下封條，並發現到異狀。

「嗯，你們都聽到了吧。」岡部點點頭，轉頭對警察們說：「拿撬棍，我們現在就要把木箱給撬開來。」

「是！」警察們這麼說，並拿出了撬棍，瞄準木箱的接縫處，開始施力。

碰的一聲，他們沒花多少力氣，就把木箱給撬開，警察們立刻拿出手電筒，朝裡頭照射。

然後，他們發出了一聲驚呼。「有人在裡面！」

「是一個男的，身穿西裝，看起來就像是那次圍捕行動中出現的！」

「放下武器！乖乖出來投降！」

「我、我投降！不要開槍！」一個淒厲的聲音這麼嘶吼，同時，一個人影高舉著雙手，緩緩出現在手電筒的燈光當中。

那個人影正是帥氣男子，他身上依舊穿著西裝，但現在看起來卻是無比狼狽，他的頭髮被汗水弄溼，不但髮型塌了，而且還亂翹，身上原本筆挺的西裝也到處都是皺摺，還沾上了灰塵。

他高舉雙手，緩緩走出，兩名警察立刻上前逮捕了他，將他銬上了手銬。看到他被銬上手銬，岡部的臉上才有了變化，吐了一口氣，露出一副如釋重負的表情。

「好極了，這下就能抓到誘拐團……」他的話還沒說完，突然間，就有一個人影衝向了帥氣男子。

而那人不是別人，正是呂敬光。

「水月在哪裡！」他揪住帥氣男子的衣領，這麼大罵。「你把她關到哪裡去了！」

「水月……是誰啊？」帥氣男子露出茫然的表情，而這無疑是在呂敬光的怒火上倒了一桶油。「你誘拐的那個女孩！」

「啊、啊啊……要、要不能……呼吸了……」呂敬光緊抓對方衣領，讓帥氣男子這麼痛苦地呻吟。

「呂桑，冷靜一點。」岡部見到情況不妙，連忙上前勸阻，但他沒有想到呂敬光竟然爆發出了與外表不同的強大力氣。一時間，他竟然無法讓呂敬光鬆手。

「那、那女孩也在……木箱裡……」或許是感覺到呂敬光是認真的，帥氣男子連忙擠出這幾句話。

「水月！你在這裡嗎？」一聽到帥氣男子這麼說，呂敬光立刻鬆開手，踏進了木箱，並這麼大喊了起來。「水月，聽到我的聲音的話，就回答我！」

木箱裡相當昏暗，地上堆著一包包的米袋，相當不好走。然而，儘管如此，呂敬光還是沒有停下動作，繼續往裡頭走。後頭的警察則是連忙跟上，拿著手電筒幫忙照亮，而就在這時，他在最深處看到了一個人影。

「難不成是……那邊！」呂敬光指揮著警察，將手電筒照向那個人影，而自己也不顧地上不平，奮力跑向了人影所在的方向。

但儘管被手電筒照射，那人卻是一動也不動，呂敬光跑到那人的身旁，跪了下來，隨即，他的雙眼立刻噙著淚水。

「太好了，還活著……」他語氣顫抖地說，又立刻轉頭，朝後頭趕來的警察們大叫。「水月在這裡，快點叫醫生過來！」

◇
◆
◇

門外傳出敲門聲，隨後長谷川開門，走了進來，手裡還拿著一份報紙，遞給了呂敬光。「嗯，給你，你要的報紙。」

「啊，謝謝。」呂敬光接過報紙，同時瞄了一眼頭條新聞，只見到上頭用斗大的字體寫著：「隆慶米行的惡行，老闆娘竟是誘拐團首腦！」

同時，上頭還印著一張照片，裡頭是一群人被警察押送，為首的是一個身穿華麗服裝，可是卻無比狼狽的中年婦女，而且在她身後，還有一個帥氣男人，正是他們那天在船上逮捕的誘拐團成員。

「喔，對了，岡部那條子要我告訴你，那人渣確實和張簡阿榮有關係。」注意到呂敬光在看頭條，長谷川就順便說：「那人渣叫劉復誠，是張箇阿榮的弟弟，只是年紀很小的時候就送給別人領養了。」

「難怪他們長得那麼像。」呂敬光點點頭，又問：「岡部還在進行審訊嗎？」

「嗯，這次逮捕的人那麼多，看來他會忙上好一陣子，他還要我轉告說對不起，不能來看這女孩。」

「不會，我能理解，謝謝妳幫忙轉達，長谷川小姐……怎麼了？」

呂敬光看向長谷川，因為長谷川的臉上露出了不開心的表情。「……別再叫我長谷川了。」最後她這麼說。

「……什麼？」

「別再只叫我的姓了，這樣好像我們很不熟的樣子。」長谷川猛然向前，貼近了呂敬光，並說：「叫我的名字。」

「等……妳先別那麼激動，況且，你不也是一直叫我大小姐嗎……」呂敬光舉起雙手，半是安慰，半是解釋。

可是，他的長篇大論長谷川只用兩個字就駁回了。「敬光。」長谷川直直地盯著他，毫不猶豫地就直呼了他的名字。

呂敬光挺起了背，眼前的長谷川氣勢驚人，讓人幾乎不敢直視，然而，呂敬光知道自己無論如何都必須要回應。「陽子。」

而這也讓長谷川的表情由陰轉晴，露出了燦爛的笑容。

「很好，我的名字就是陽子，太陽的陽，給老娘記住了！」長谷川指著呂敬光的鼻子，並說：「下次再聽到你叫我長谷川，老娘就讓你好看。」

「我、我知道了……」

「很好，現在說『我愛妳，陽子』。」

「什麼？」

「嘖，沒事。」長谷川這麼嘖了一聲，往後退了幾步，之後就像是要轉移話題似的，很快地又說：「那個叫水月的女孩，到現在都還沒醒來嗎？」

「……是啊。」呂敬光點點頭，說：「雖然醫生說她的身體狀況很穩定，但可能是因為藥物的關係，所以還沒醒來。」

「是這樣啊，真是可憐。」長谷川露出了同情的表情。「你也滿辛苦的，每天都還這裡看望她。」

「這是我應該做的，畢竟我唯一能做的，也就只有這一點了。」呂敬光看著躺在病床上的水月，臉上露出了複雜的表情。

「你該不會……」看到呂敬光臉上的表情，長谷川像是知道了什麼，本來想要開口問，可是就在這時……

咕嚕一聲，呂敬光的肚子發出了聲音。「啊，對不起。」呂敬光有些不好意思，抓抓頭說：「我中午還沒吃，所以……」

「你這馬鹿！你自己身體也還沒完全恢復，怎麼可以沒吃東西呢！」長谷川聽到呂敬光這麼說，立刻就站了起來。「可惡，現在這個時間餐廳已經休息了……我去外面看看能不能幫你買些什麼東西！」

她說完這句話後，立刻就像一陣風一樣又跑了出去，留下呂敬光一人。

「真的，就像陽光一樣熱情啊……」他忍不住喃喃自語著，同時又想到了剛才那一幕。「等等，難不成，陽子她喜歡我……這不可能吧。」

「這很有可能。」突然間，一個聲音這麼說。

呂敬光驚訝地瞪大雙眼，看向了聲音的唯一可能的來源，也就是躺在床上的水月。

「抱歉，其實妾身剛才就醒來了，只是看到那女孩，有些不好意思，只好裝睡。」水月聳聳肩，又說：「回到正題，我覺得那個叫陽子的女孩應該……喔！」

水月的話還沒說完，呂敬光就忍不住激動地抱住了她。「呂少爺怎麼……啊。」

呂敬光緊緊地抱著水月，他的身體在微微顫抖，像是想要確認懷中的人是真實的，不是什麼幻影。

水月本來還想說些什麼，但很快，她就察覺到了，之後便輕輕地撫摸著呂敬光的頭。「好了，見到妾身，呂少爺難道沒有什麼想說的嗎？」

呂敬光這時才抬起頭，而他的臉上早已是眼淚縱橫，但還是露出了笑容。「歡迎回來。」

「嗯，妾身回來了。」水月微微一笑，並這麼說。

第四章

藝閣戲

「謝謝你今天趕過來，呂桑……不好意思，明明今天是假日，卻還要你特地趕來這邊。」

「不會。」呂敬光脫下帽子，並直接切入話題。「只要是和水月有關的事，儘管聯絡我沒關係，她怎麼了嗎？」

呂敬光站在醫院的櫃臺，而和他對話的，正是先前探望長谷川時，替他帶路的那名看護婦。

「水月醬好像最近食欲不振的樣子。」提到這，那名看護婦立刻滿臉憂愁，並用擔心的語調說：「倒不是說沒吃東西，只是食量很明顯地變小了，每次送的餐都會剩下一大半，她先前可是都會吃光的。」

「有這種事？」

「是啊，雖然我也有問過她怎麼了，可是她總是說沒事，而檢查也沒檢查出問題。」看護婦皺著眉頭，說：「她明天就要出院了，可是這種情況實在叫人擔心，但是我不知道她的家人、朋友，只好聯絡當初送她過來的你了。」

「我明白了。」呂敬光聽到後，便點點頭說：「我去問問看好了，可以請妳帶路嗎？」

◇◆◇

「水月醬，有訪客喔——」看護婦帶著呂敬光來到了病房，一開門就這麼說。

「啊！呂少爺。」一看到呂敬光，水月便露出了笑容，但很快就又有些害羞地抓起被子，遮住自己。「不好意思，妾身現在沒有打扮。」

水月躺在病床上，身上穿著一身淺綠色的病人服，這件病人服對她來說有些太過寬鬆了，看起來就像是小孩偷穿父母的衣服一樣。

「不會，應該是我說不好意思，連說一聲都沒有就這樣跑過來。」呂敬光說：「而且還這樣空手而來……真該帶幾顆蘋果來的。」

「不會，呂少爺能來，妾身就很高興了……況且，妾身正在減肥呢。」水月微微一笑，並回答道。

不過一聽到水月這麼說，呂敬光和看護婦就快速地交換了一個眼神。

「那麼，我還有工作要做，就先離開了，你們兩人好好聊聊吧。」看護婦故意這麼說，隨後關上了門。

看護婦一走，原本兩人有些拘謹的氣氛頓時間就放鬆了下來。

「那個……」

「那位看護婦請呂少爺來問為什麼妾身食量變小了，對吧？」

呂敬光正打算開口，水月就率先說出了他心中的想法。

「嗯。」呂敬光早就猜到水月能夠推理出來，也就不再多解釋什麼，而是直接進入了話題。

「妳為什麼要減肥呢？就我看來，妳並不胖啊……甚至應該說，還有些太過瘦小了，再減下去的話，反而對身體不好。」

「啊啦——謝謝呂少爺的讚美，不過不必擔心妾身，不要看妾身這樣，其實身體還挺結實的喔。」

水月這麼說完，就舉起了手臂，像是想要證明一樣，她學那些健美先生握拳並彎曲手臂，可是她的手臂不但沒有任何任何肌肉，還因為身上的衣服太寬鬆，結果袖子滑了下來，露出她白嫩纖細的肌膚。

「……嗯，我相信了，所以妳快點把袖子給拉好吧。」呂敬光感覺臉有些發熱，連忙這麼說。

「呂少爺還真純情，不過別擔心，這裡又沒別人。」看到呂敬光的反應，水月竊笑了起來。「即使有人，也不會有人對妾身的這種身材……」

水月的話說到一半，就突然停下，因為隨著她的動作，一張白色的信突然從她的床上滑下，飄落在地板上。

「這是……」呂敬光撿起了信，順便瞄了一眼，但卻意外看到這是一份草稿，上頭還寫著「惠鑒」、「恭請 法安」等字眼。「妳在寫信嗎？」

「是的。」水月快速地接過草稿，似乎是不想讓呂敬光看到的樣子。

這份草稿和水月的反應都讓呂敬光不禁感到好奇，他有些想問，但又擔心自己這樣會不會逼得太緊，反而讓水月產生抗拒。

「……呂少爺不必擔心。」當然，他心中的動搖並沒有逃過水月的法眼，水月便說：「妾身的這封信並沒有什麼祕密，其實……妾身在回信給一位廟公。」

「回信給廟公？」水月的這個答案讓呂敬光大吃一驚，不管怎麼想，他都難以想像水月會和廟公有什麼關聯。

「是的，呂少爺知道最近有廟會吧？」

「我知道，可是這和妳寫信有什麼關係？」

「因為除了廟會，還有神明遶境，我想呂少爺應該也知道，遶境活動會有不少表演，除了陣頭之外，還有扮演古人或神仙的藝閣。」水月補充說：「而這些藝閣的演出，則是我們藝妲出演的。」

「喔？」呂敬光被勾起了興趣，而水月則是又繼續解釋。「能夠參與藝閣，對我們藝妲來說是一種殊榮，表示這個藝妲除了外貌過人之外，才藝也相當精湛，每年遶境活動最後的高潮就是票選活動，會投票選出前三名呢。」

「嘿！真有意思。」

「是啊，不過妾身身為春山閣的頭牌，卻從來沒參加過……直到今年。」水月一邊說，一邊從一旁的櫃子裡拿出了一封信。

呂敬光接了過來，並快速地看過了信，信裡頭的內容主要是在邀請水月參加藝閣，加入一場武打戲，飾演一個拿著鞭子的角色。

看完這封信之後，呂敬光這下才了解為什麼水月會說自己要減肥了。「妳是為了表演，才要讓自己更瘦嗎？」

「畢竟這可是妾身的第一次，在那麼多人面前，當然希望自己能以最好的一面出來示人。」水月說到這邊，又有些感嘆地幽幽說道。「但沒想到在寫好信之前，就被呂少爺您看到了……妾身的文筆可不像呂少爺那麼大小姐啊。」

「我才不是大小姐……不過，還是恭喜妳了。」呂敬光先是吐槽地說道，但很快就話鋒一轉。「可是，雖然我知道機會難得，但還是希望妳不要去參加。」

「喔？」

「因為妳的身體還沒完全好。」呂敬光率直地說：「而且那位看護婦告訴我，妳就算出院了，至少也還要再休息一個月，可是我記得沒錯的話，下個月就是廟會了吧，再加上排練，肯定來不及。」

聽到呂敬光這麼說，水月就像是知道放假被取消的小孩一樣，收起了笑容。然而，她並沒有像小孩一樣大哭大叫或無理取鬧，而是緩緩開口。「呂少爺，你知道為什麼剛才妾身會興奮地像個孩子一樣嗎？」

「是因為妳就是個孩子嗎？」

「才不是！妾身那麼有魅力，怎麼可能是個孩子……咳咳，失禮了。」水月輕咳幾聲，才又說：「其實，妾身想參加，是因為這個對妾身很重要，或許是能知道妾身身世的一個大好機會。」

呂敬光一開始聽到水月說這對她很重要時，原本來想要開口勸阻，然而，水月的最後一句話讓他頓時停了下來，並仔細地看著水月。

水月抬頭看著呂敬光，眼中投射出認真的眼神。「妾身到春山閣這裡來的時候，還只是一個小孩，據說，他們好像是早上開門時，就看到妾身一個人躺在門口睡覺的樣子，身上也沒有什麼身分證明。」

「那時候的老闆覺得妾身很可憐，又因為不知道妾身是怎麼來的，於是便收養了妾身，讓妾身在春山閣工作，不過，從那時候妾身身上穿的衣服來看，妾身應該不是孤兒。」

水月一邊這麼說，一邊小心翼翼地又從一旁的櫃子裡拿出了一件童裝。那是一件西式的紅色長裙，白色領口處還有一個深紅色的蝴蝶結，雖然稱不上華麗，但從材質和做工看來，也是十分精緻的衣服。

「這是……」

「這是妾身請春山閣的僕役和信一起送過來的。」水月這麼說，並珍惜地撫摸著那件童裝。

水月的這句話，讓呂敬光頓時了解這件童裝對水月來說，是有多麼的重要了。這可能是水月身體或精神不好的時候，最重要的寄託。

「那時候妳的周圍有信之類的東西嗎？」呂敬光又問，如果是故意把水月拋棄在那裡，那麼至少會留下隻字片語，可是水月卻搖了搖頭。

「沒有，那時的老闆也曾經懷疑妾身是走失的孩子，可是去警局，他們也沒接到有人報警的消息。」水月低著頭，輕輕摸著童裝，又說：「除了這件衣服，妾身唯一留下的印象就是一個自稱妾身的女人。」

「自稱妾身的女人？」呂敬光被勾起了好奇心，而水月則是點點頭。「雖然已經不記得那個女人的長相，可是妾身還記得那個女人抱著妾身，並這麼自稱，由於春山閣沒人會這樣稱呼自己，所以應該是那時候照顧妾身的人。」

「難不成……」呂敬光這才了解為什麼水月會用這種奇怪的自稱方式，而水月則是點點頭，抬起頭看向呂敬光。

「這也是為什麼妾身會那麼努力進行推理的原因，妾身希望有朝一日，能夠找到那個女人，不過不知不覺的時候，妾身卻也因為這樣變成了頭牌，還因此出了名。」

「不過妾身也覺得這是好事，那女人搞不好會知道妾身還活著，所以妾身一直在努力讓自己變得更有名，而雖然機率不高，妾身還是希望能夠參加這次的藝閣，畢竟，這是一年一度的大場合，很多人都會參加，而說不定……」

「我知道了，我沒想到妳堅持去參加還有這種原因。」聽完水月的故事，呂敬光長嘆了口氣。「不過，還是要好好重視自己的身體，別太操勞了。」

「謝謝呂少爺，不過既然您那麼擔心的話，要不要和妾身一起去呢？」水月俏皮地眨了眨眼，並提出了邀請。

「可以嗎？藝閣不是只有藝妲能參加嗎？」

「這當然沒問題，雖說會參加藝閣的都是藝妲，但排練的時候旁邊還是會有僕役什麼的，男人也可以在場。」

「這樣啊……」

「就算呂少爺不說，妾身也希望呂少爺能來，要是呂少爺能來的話，一定會更開心的。」水月這麼說著，臉上也露出了一個微笑。

「唔……」看到水月的笑容，呂敬光連忙戴上帽子，並把帽簷拉低，好掩蓋自己的表情。「我知道了，那麼，等你們確定好時間之後再通知我吧，記得要好好休息，我走了。」

◇
◆
◇

「這裡就是排練的地方嗎？」這天，呂敬光站在廟前廣場，忍不住這麼感嘆。

廣場上，搭起了一個大棚子，不少工人進進出出的，忙著搬運東西，還可以聽到一旁的樂隊敲鑼打鼓的排練聲音，所有人都有說有笑的、好不快樂，空氣裡更是瀰漫著一股期待的氣氛。

「真熱鬧……不過沒看到其他藝妲。」呂敬光轉頭，問一旁的水月。「這裡這麼亂，要怎麼找到她們。」

水月還來不及開口，一旁突然插入了一個嘶啞的聲音。「嘿嘿嘿，想必您就是水月姑娘了吧。」

呂敬光一轉頭，就看到一個拄著拐杖，穿著黃色道袍的中年男人，中年男人年約五十多歲，頭頂微禿，身材微胖，臉上掛著一個大大的笑容，笑到雙眼都瞇了起來——這反而讓呂敬光有些不太舒服。

「啊，想必您就是何道長了吧。」不過水月倒是立刻這麼說：「呂少爺，這位是何道長，是這間廟的廟公，也是這次遶境活動的召集人。」

「不敢，在下何黑狗，叫我黑狗伯就行了。」何黑狗這麼說，臉上依舊掛著那個誇張的笑容。

「黑狗伯你好，我叫呂敬光，這次陪水月一起過來照料她，順便來開開眼界。」雖然心裡頭還是有些不舒服，可是呂敬光還是馬上向何黑狗問好。

「哈哈，原來是這樣，該不會你是水月姑娘的『這個』吧。」何黑狗一邊說，一邊翹起了小指頭。

「……並非如此，我們倆絕對不是那種關係。」呂敬光想起翹起小指頭是召妓的暗號，心中不由得對對方產生出了一股厭惡感。

「沒想到黑狗伯身為召集人，還特地在百忙之中特別出來迎接我們，真是非常感謝。」靈巧的水月似乎察覺到了呂敬光的想法，連忙這麼接過話。

「哈哈，不會，只要是可愛的女孩子，都值得出來迎接。」何黑狗大笑，之後又仔細看了水月。「水月姑娘再過個三、五年，就會是我喜歡的型了，哈哈哈。」

何黑狗大笑了起來，然而他的話卻讓呂敬光很不舒服，但水月卻很快地用腳輕輕地碰了一下呂敬光，示意他冷靜下來。

「謝謝黑狗伯對妾身的厚望。」水月微微一笑，很快話鋒一轉，說：「那麼請問其他前輩們在哪裡排練呢？」

「喔喔，光顧著聊天，都忘了辦正事了。」何黑狗拍了一下自己的腦袋，並說：「和妳同臺的兩個藝妲都來了，她們現在在另一邊排練呢，這就帶你們過去。」

◇◆◇

「我回來了，妳們排練的怎麼樣啊？」何黑狗帶他們來到了另一個棚子，那裡雖然也有不少人，但和廣場那邊相比，人還是少了許多。「這次還帶了要和妳們一起排練的水月姑娘喔。」

何黑狗的話，讓在場的所有人目光都聚集到了水月和呂敬光身上。「各位前輩好。」水月向前一步，就開始自我介紹了起來。「妾身名叫水月，現在在春山閣那邊幫忙，還請各位前輩多多指教。」

然而面對水月的自我介紹，在場的人不但沒有表示歡迎，態度還非常冷淡。

「水月？難道是春山閣的頭牌？原來只是一個小孩子而已啊。」一名藝妲這麼大聲地說了起來，語氣中充滿著嘲諷和不屑。

呂敬光有些不悅地看向了那名藝妲，那名藝妲有著一雙黑白分明的杏仁眼、鮮嫩欲滴的櫻桃小嘴和一張白淨透亮的瓜子臉，雖然一臉挑釁，但還是完全能稱得上是一個美少女。她穿著粉紅色的戲服，手中拿著一面令旗，似乎剛才正在排練。

「哎呀，杏紅，妳何必這麼咄咄逼人呢？」這時另一名身穿淺藍色戲服，手持長槍的藝妲則是慵懶地說：「妳也不是不知道這小姑娘之所以晚來，是因為住院的關係……比起另一個，她還算可愛多了。」

那名身穿淺藍色戲服的藝妲有著一頭滑順的秀髮、一雙瞇瞇眼和一副帶有磁性的嗓音，雖然長相不像杏紅那麼美豔，可是在身材上，她卻遠超於前者，雖然高挑纖細，可是身材依舊玲瓏有緻，前凸後翹的曲線更是讓她成為眾多男人的目光焦點。

「哼，碧桂，妳可別太縱容這些後輩了。」聽到對方這麼說，杏紅卻是露出一副不悅的表情，回嘴說：「妳就是這樣，才會被那新人搶走一堆客人，搞得妳們觀月樓最近生意都不好了，不是嗎？」

「……杏紅，別以為妳是來瀛樓的頭牌，就可以這樣口無遮攔了。」聽到杏紅這麼說，碧桂的瞇瞇眼微微張開，眼神如刀光一般一閃而出。

「好了、好了，妳們這些漂亮美女可別吵架啊，貧道……」何黑狗一拐一拐地走到兩人中間，本來還想多說些什麼，然而杏紅和碧桂這時卻又很有默契地一起怒斥：

「「閉嘴！」」

這讓場面變得尷尬了起來，不過，就在這時，一陣拍手聲打斷了這尷尬的氛圍。

「好了、好了，妳們別再吵了。」一名看起來年約四十的中年婦人拍著手，走了出來。

中年婦人長相有點像杏紅，只是眼角多了一些魚尾紋，身材則是接近碧桂，只是更加豐滿了一些，從她的身上，似乎可以隱約看出這位中年婦人以前也是一名藝妲，甚至可能還是頭牌！只是現今已經不再做這一行了。

而中年婦人一出場，就讓剛才原本僵持的局勢緩和了下來，原本劍拔弩張的杏紅和碧桂都退後了一步，顯然她對這兩人頗有影響力。而水月似乎也與對方熟識，一見到對方，就露出了自然的笑容。

「好久不見了，寶鳳姐，喔，對了。」水月順便介紹了呂敬光。「這位是呂敬光呂少爺，他是來陪妾身的。」

「妳好。」

「哎呀，有那麼英俊的小伙子陪妳，妳可真有福氣啊。」寶鳳微微一笑。「我叫寶鳳，是杏紅的後母，現在和杏紅一起在來瀛樓幫忙。」

呂敬光知道一些藝妲會用收養的方式，培養下一代新人，以便之後要是自己年紀大了，不能再從事這一行了，也還能維持生計。「妳好，還請妳們多多照顧水月了。」呂敬光點點頭，向對方致意。

「哪裡，是我們有這個榮幸能和春山閣的頭牌合作……」寶鳳說到一半，就突然被打斷。

「唉呦，寶鳳，我的心肝寶貝啊，我可等妳好久了。」說話的人正是何黑狗，他一拐一拐地走向寶鳳，突然一個重心不穩，跌向了她。

「哎呀，黑狗伯，你要小心一點啊。」寶鳳連忙攙扶住何黑狗，何黑狗則是大笑說：「啊哈哈，抱歉抱歉，年紀大了，走路就有些不方便。」

「哼，什麼不方便，分明就是故意的。」杏紅在一旁冷冷地這麼說，可這一次呂敬光也同意她的看法，何黑狗剛才趁寶鳳攙扶他的時候，趁機在對方身上摸了好幾把。

對於杏紅的諷刺，何黑狗假裝沒聽到，並強硬地轉移了話題。「好啦，這麼一來，這個藝閣的成員就幾乎都到了，集結了各家頭牌的這個藝閣，肯定會拿下票選活動的前三名！」

「幾乎都到了？請問這是什麼意思？」呂敬光忍不住這麼問：「剛才說頭牌……難不成沒到的也是頭牌嗎？」

「是的，碧桂是觀月樓的頭牌，除此之外……」說到這裡，寶鳳突然頓了一下，臉上雖然還保持微笑，但已經不像剛才那麼從容。「其實還有一位名叫小雪的，是中山料亭的頭牌，但不知道是什麼原因，一直都沒出現過……」

「哼，還不是耍大牌。」這時杏紅在一旁突然這麼插嘴。「那個小雪靠著自己有海外的血統，誘騙一堆男人搶著去她那邊，現在還強行插進排練，搞得我們原本排好的動作現在都得要重排了。」

「啊，沒錯沒錯。」碧桂這次和杏紅站在了一起。「這個藝閣明明我們兩個人就可以了，結果突然臨時說什麼小雪初登場，一定能吸引很多人氣，還說可以順便幫我們哄抬人氣，哼，什麼幫我們兩人，我看根本就是不懷好心吧。」

「是啊、是啊，明明就是想要趁機沾光，搞到現在才從兩人臨時排成四人的藝閣，她到底知不知道讓外行人加入，我們會有多累啊！」

「對啊，光是要臨時再找一個人，就不知道有多麻煩，而且居然還特地指名要頭牌，是怎樣？以為頭牌滿街走，隨便找就能找得到嗎？」

杏紅和碧桂你一言我一語的，越說越起勁，讓寶鳳忍不住輕咳了幾聲，這才打斷了她們。「咳咳，好了，妳們少說一點，不要讓外人見笑了。」

寶鳳一邊說，一邊看向水月，臉上的表情有些尷尬。而呂敬光則是從杏紅和碧桂說話開始，就一直看著水月，畢竟雖沒有指明，但就算不用推理，也能從兩人的話裡知道水月被邀請過來，只是來充人數的。

「原來兩位前輩已經很有經驗啦，那真是太好了。」水月的臉上依舊掛著笑容，還對杏紅和碧桂說：「妾身還是第一次呢，還要麻煩兩位前輩教教妾身了。」

水月這樣恭敬的態度，讓杏紅和碧桂得意了起來。

「喔？還挺機靈的嘛。」

「哼哼，好吧，不過這訓練可是很嚴格的喔。」

然而，在一旁看著的呂敬光卻察覺到了不對勁，水月雖然臉上掛著笑容，但他似乎可以看到她背後的怒火在熊熊燃燒，看來雖然剛出院，但水月那不服輸的性格似乎依舊沒變。

然而呂敬光還來不及說些什麼，水月馬上又說了。

「妾身會全力配合的，不管再怎麼累都沒問題。」說到這邊，水月停了一下，才又說：「不過也要請兩位前輩幫忙，直到『徹底教會』妾身為止，都要陪著妾身喔。」

水月在「徹底教會」這四個字上加重了語氣，這讓呂敬光感到不妙，但得意洋洋的杏紅和碧桂卻完全沒有發覺。

「那當然，直到教會妳為止，我們可是不會停的。」

「妳可千萬不要練到一半，就喊累不來了啊。」

「好的。」水月微微一笑，呂敬光在一旁見到已經無法阻止，只能默默祈禱，先前被說唱歌像刮黑板，跳舞像人偶的水月，能夠盡快練會。

◇
◆
◇

一串劈哩啪啦的鞭炮聲響起，掀起了陣煙硝，但鞭炮聲雖然巨大，卻完全蓋不住這附近的音樂聲和談笑聲，而當煙硝散去，周圍可以看到來圍觀的人群，他們的臉上都帶著喜慶洋洋的表情。

今天是遶境，不少人一早就起來，做好準備，路上早早就已經被管制，無論是汽車、牛車，還是人力車都都禁止通行，兩邊則是站滿了想要觀賞遶境的行人，就連位於路邊，可以看見路上的窗戶也都被租了出去。

窗戶後頭浮現著的是一張張朝外看的臉孔，他們望著外頭，眼神中充滿著期待，而呂敬光也在其中，他穿著西裝，手中還拿著一卷紅布，和其他人一樣盯著窗外。

「客人。」一個聲音對他搭話，讓呂敬光轉過頭來，看向站在背後的屋主。「需要來點飲料或點心嗎？很便宜喔。」

「你可真會做生意啊……給我一杯烏龍茶吧。」看著屋主一手拿茶壺，一手拿裝滿了點心的托盤，呂敬光忍不住這麼感嘆，而屋主的臉上則是堆滿了笑容。「哈哈，每年都是這樣的，不過今年更熱鬧了。」

「喔？為什麼？」

「一方面是因為今年的規模更大了，不過最主要的果然還是那個頭牌藝閣了吧。」屋主將烏龍茶遞給了呂敬光，同時又補充說。

「沒想到能集結四家的頭牌一起組一個藝閣，這可是很難得的，而且更難得的是中山料亭的小雪也會出場，她可是被稱為『頭牌中的頭牌』，一次出場費就是我們一般人一個月的薪水呢！不少人之所以來，就是想要親眼目睹……」

「喂，屋主，可以再給我一壺茶嗎？」屋主談到興頭上時，坐在旁邊窗戶的客人突然大聲地叫喚了起來。

「來了。」屋主連忙回應，並對呂敬光露出不好意思的表情。「抱歉，我先走了，客人您慢慢看，藝閣應該很快就會到這裡了。」

呂敬光點點頭，目送屋主離開後，就看向了窗外。屋主說的沒錯，在鞭炮聲過後，領頭的頭旗劃破煙硝而出，跟隨在後的是震耳欲聾的鑼鼓聲和一條長長的隊伍。

「哇啊！」「開始了！開始了！」「好驚人啊！」兩旁的民眾開始騷動了起來，爆發出了歡呼聲。

同時，一座座藝閣在汽車的拖動下，井然有序地逐次通過。每座藝閣的場景都是精心布置過的，有假山、大海，甚至還有和房子差不多大小的宮殿，而在這些場景中，則是身穿戲服的藝妲們。

依照藝閣的主題，每個藝妲也打扮得各有特色，有人頭戴金色鳳冠，身穿精緻刺繡，裝扮成貴氣逼人的皇后，有人彈著古琴或琵琶，看起來就像是詩詞中的才女，還有人甚至女扮男裝，打扮成了眉清目秀的書生。

這些藝閣也引起了觀眾們的讚嘆。

「哇啊！好大的藝閣！這還是第一次看到這種用車子拖動的。」

「還好租了窗戶，雖然今年比往年貴了三成，但真的值得了。」

「好猶豫啊……等一下的投票到底要投誰呢？」

呂敬光靜靜地在樓上看著一這些藝閣，和其他人的興奮相比，沒有什麼反應的他顯得有些冷淡，不過這並不是他沒有興趣，而是因為他知道真正的壓軸還沒有到來。

突然間，人群爆出了一陣騷動。「哇啊，你看那個！」「等等，該不會……」「那就是傳聞中的『頭牌藝閣』嗎？」

一座藝閣緩緩地出現在所有人面前，上頭裝飾著雲朵、日月和藍天，看起來就像在天上，而在其中，則有四個身穿戲服，扮成仙女的藝妲，而最吸睛的是，她們居然都飄在空中。

「那是怎麼做的啊？居然能在空中。」呂敬光旁邊窗戶的人這麼問，而另一人似乎很有經驗，立刻回答。「她們應該是站在鐵條上，鐵條非常細小，很難被看見，所以才看起來像飄在空中。」

這四位藝妲自然是水月她們，她們每個人手中都拿著不同的兵器，除了拿旗的杏紅、用戟的碧桂，水月則是手持著鞭子，身穿綠色戲服，另外還有一個身穿紫衣的藝妲。

那個藝妲身材嬌小，長相甜美，和一雙圓滾滾的水汪眼睛，看起來楚楚可憐，她的五官端正精緻，就像洋娃娃一樣可愛，可是身材卻十分性感姣好，有著與外表截然不同的傲人巨峰，再加上雪白的肌膚，讓她一出場就成為眾人目光中的焦點。

「唔喔喔，那人就是中山料亭的頭牌——小雪嗎？」

「真的太美了，就好像是天上的仙女一樣……」

「她手裡拿的是什麼啊？」

小雪的左手中拿著一條紅線，紅線上頭繫著一個像是迴力鏢的東西，右手則是拿著一顆球。

正當呂敬光還在思考的時候，他聽到一旁窗戶裡頭的人突然這麼聊了起來。「原來如此，是祈求吉慶啊。」

「那是什麼？」

「小雪手裡拿的叫磬，是古代的一種樂器，而搭配上右手拿的球，和杏紅拿的旗，碧桂拿的戟，合起來旗球戟磬，諧音祈求吉慶的意思。」

「原來如此、原來如此……那麼拿鞭子又是……」

「這……我就不知道了，可能還有什麼節目……喔喔！」

正當對方還在討論的時候，小雪這時突然望向眾人，臉上露出了一抹微笑，而這個舉動讓眾人反應更加激烈。

「哇啊啊！小雪對我笑了！」

「對不起，小雪是在和我暗示今天晚上她要晚點才能回家啦！」

「你醒醒吧，別做夢了！」

呂敬光旁邊窗戶的人也熱烈地討論了起來。

「唔喔喔，還真是百年難得一見的美人啊。」

「是啊，看來今年的第一名非她莫屬了。」

然而，似乎是察覺到了眾人的想法。彷彿有了默契一樣，杏紅、碧桂和水月三人忽然擺出了架式。

「呀啊！」

「飛、飛起來了？」

「怎麼可能？」

她們開始對打了起來，而這場武打戲，把眾人的焦點一下子就從小雪身上拉了回來，發出了驚呼。

如果只是對打，那還不至於讓所有人這麼驚訝，可是三人除了對打之外，還像飛鳥一樣優雅地在空中上下盤旋、左右移動，看起來就真的像是仙女在戰鬥一樣。

「好！這太聰明了！」她們的武打戲引得呂敬光旁邊窗戶傳來一聲叫好聲，而另一個人又問。「為什麼是聰明？」

「因為藝閣並不適合做武打戲，時間太長，戲服也不適合做出激烈的動作。」那人開始說明了起來。「所以用仙女做掩護，動作優雅但緩慢，這就不會讓人嫌打得不夠好。」

「不過這還是很考驗那些藝妲們的體力和技巧就是了，杏紅和碧桂很擅長……不過總覺得她們兩人的動作好像有點遲鈍啊，是太累了嗎？」

呂敬光看向杏紅和碧桂，雖然和兩人不熟，所以他看不出來兩人的動作哪裡有問題，不過他可以知道原因——以水月那堅定到已經近乎固執的個性，肯定是和兩人排練到讓她們都快崩潰的程度。

「不過，讓我最意外的是另一位藝妲居然也能做到，真不簡單。」那人最後下了總結。「使鞭的技巧也挺有模有樣的，看來是下了一番苦功啊……而小雪大概沒有練過，所以只能在一旁看了。」

「原來如此……只可惜大部分人似乎沒有察覺到這點。」另一人這才了解，但用可惜的語氣這麼說，就如他所說的，路邊的人群開始議論紛紛。

「你要投誰啊？」

「當然是小雪囉，她那麼美！」

「我也是！」

呂敬光聽著這些評論，心中不禁感到幾分憤慨。他站了起來，抓住手中紅布的一端，並將紅布往窗外拋！

紅布在空中展開，露出了金色的四個大字。「水月第一」這四個字頓時出現在所有人眼前。

「那是什麼？」

「水月……是春山閣的頭牌嗎？」

「好聰明，下次我也要這麼做！」這個舉動引起了樓下人群的議論紛紛，同時，水月的目光也看向了呂敬光。

她的臉上露出了一抹淺淺的微笑，和小雪不同，呂敬光很清楚知道她是在對他笑的。

◇
◆
◇

廟前廣場，在此刻擠滿了人，甚至連旁邊的大樹也有好幾個人爬了上去。然而儘管有那麼多人，現場卻是一片寂靜，所有人都死盯著前方的戲臺，除了呼吸聲，就只剩廟裡傳來的念經聲，大家似乎是在迫切地期待什麼。

「好了，現在就是最後大家最期待的開票環節了。」一名穿著戲服的主持人跑上臺，大聲地對著臺下已經擠到水洩不通的觀眾們說。

「喔喔！終於要開票了嗎？」

「太好了，剛才只有念經聲，我聽到都快睡著了。」

「不過這次開票好快！往年都是到半夜才算完的，投票的人那麼多，怎麼能算得那麼快？」主持人的話，打破了原本的沉默，觀眾們議論紛紛了起來。

「在公開結果之前，我要先代表廟方感謝一下這次活動的協助人士。」主持人又說：「特別是今年除了志工以外，也有報社人員協助，此外，甚至還有警察大人在場幫忙監票，真是非常感謝。」

「原來還有警察大人幫忙嗎？」

「這都沒差了，小雪一定要得第一、小雪一定要得第一……」

「快點告訴我們結果啊！」觀眾們的情緒此刻來到了最高點，並開始吵鬧了起來。

「好的，那麼先來介紹第三名，那便是春山閣的……」臺上的主持人走到後頭，動作誇張地拉下最左邊的紅繩，上頭的彩球立刻裂開，一個紅色布條同時落下。「秋菊！請大家鼓掌歡迎！」

一個打扮成皇后的藝妲走到了臺上，從主持人手中接下獎品，並向眾人這麼揮手，而臺下也迎來一陣掌聲。

「真是漂亮啊。」

「真是美人，氣質相當出眾呢。」

「去年她也是扮成皇后吧。」

「那麼接下來第二名，喔喔，沒想到沒想到，居然也是春山閣的藝妲。」主持人很快就來到第二名，並故意這麼說：「今年春山閣真是表現優異，第二名就是春山閣的頭牌，水月！」

主持人來到了最右邊，拉下了紅繩，而紅色布條上繡的正是水月的名字，水月同樣保持著在藝閣時的裝扮，手持鞭子，蹦蹦跳跳地走了出來，接下主持人遞給她的彩金，而現場也同樣回以熱烈的叫好聲。

「真是太可愛了，不過說實話……好想被她用鞭子打……」

「我也是，最好還同時用冷淡的眼光看我。」

「而且最好還要罵我是隻愚蠢骯髒的豬……想到就好興奮！」

不知為何，現場的氣氛一下就變得有些奇怪了起來，主持人見狀，連忙馬上大聲地宣布。「那、那麼現在就是大家最期待的第一名了。」說到這邊，主持人還故意賣了一個關子。「不知道大家心中的第一名是誰呢？」

「當然是小雪！」

「小雪一定要得第一、小雪一定要得第一……」

「倒不如說，除了小雪之外，就不可能是別人了吧。」

「那麼，現在就來揭露第一名，那就是——中山料亭的頭牌，小雪！」主持人大聲地說：「請鼓掌歡迎！」

其實根本不需要主持人這麼說，現場就爆出了如雷的掌聲和歡呼聲，然而……

「咦？怎麼沒人……」

「小雪呢？」

「對啊對啊！好不容易有近距離見面的機會，人怎麼沒出現！」本來應該像秋菊、水月上臺的小雪，此刻卻不見蹤影，不要說臺下的觀眾了，就連臺上的主持人也呆站在原地。

這時，突然又有一個人跑上了臺，對主持人小聲地說了些什麼，主持人這才連連點頭，露出了恍然大悟的表情。

「啊啊，那個……不好意思，小雪她因為突然感到身體不適，因此不克前來領獎。」主持人這麼大聲地對觀眾宣布。「那麼這些獎品和彩金，之後會在找時間送到中山料亭，謝謝大家的參與。」

「什麼？發生了什麼事？」

「天啊，希望小雪沒事。」

「拿著那麼重的旗子，穿著那麼厚的戲服，還要遊街那麼久，小雪肯定累壞了吧。」臺下的觀眾先是愣了一下，之後就開始關心起小雪。

當然，也有一些不滿的聲音。「別開玩笑了！好不容易擠到那麼前面，結果看不到小雪是怎麼回事？」

「什麼身體不適，我看根本就是擺架子或是在騙同情吧，以後不去點名她了。」

「說的好像你有錢能去一樣……」

「那個……廟方這裡還準備了流水席，菜色相當豐盛。」見到臺下的觀眾群情激憤，主持人似乎也慌了，這時只見水月對主持人說了些什麼，主持人這才連忙進行安撫。「不只有石斑、龍蝦，甚至還有鮑魚和海參呢！還請大家前往廟外的路上就座。」

「算了算了，去吃東西吧。」

「是啊，留在這邊沒什麼好看的了。」

「……好吧，肚子也有點餓了。」聽到主持人這麼說，觀眾這才三三兩兩地往廟外頭移動。

主持人見狀，這才拿出手帕，擦了擦額頭上的汗，而水月和秋菊則是往廟裡頭走去，不過這些並沒有被往廟外走去的觀眾注意到……除了一個人之外。

呂敬光站在原地，並沒有和其他人一樣往外走去，相反的，他卻逆著人群方向，小心翼翼地試圖越過人群。

◇
◆
◇

「不好意思，我是相關人員。」在一番努力之後，呂敬光終於來到了廟門口，而這裡站著兩位警察，呂敬光連忙拿出了證明，遞給他們。

「嗯，進去吧。」警察接了過來，仔細地看了一下之後，又拿出了懷錶，在一本小本子上記錄下姓名和時間，這才點點頭，放呂敬光進去。

呂敬光能夠理解，畢竟這次參加的藝妲不少，各家頭牌雲集，不仔細檢查說不定會有瘋狂追求者，甚至變態闖入。

他走進了正殿，此時的正殿異常忙碌、燈火通明，不少志工在忙著收拾和打掃，呂敬光見狀，為了別礙事，連忙走向了一旁的偏殿。

這裡和正殿比起來，就像是兩個世界，長長的走廊上一個人影都沒有，燈光也有些昏暗，不過呂敬光則是毫不猶豫地朝更深處走去。

他的目標是化妝間，畢竟水月第一次出場，就拿到了第二名，就算是頭牌，這也是相當難得的，他想要去恭喜她……雖然明天去春山閣找她也可以，但是他還是想要馬上見到她。

他加快了腳步，兩旁的房間門是關上的，因此整條走廊上就只有他和他的腳步聲而已。

化妝間就在走廊的底部最後一個房間，在這昏暗的燈光下，呂敬光突然有種走廊越走越長的錯覺，好像不管怎麼走，都走不到盡頭。明明化妝間離正殿進來的入口處並不遠，中間也只隔兩、三個房間而已。

而再過去，就是轉角了，那裡更是一片黑暗，沒有半絲光線。

不過呂敬光看到有燈光從化妝間底下的門縫中照射出來，心中一陣亢奮，步伐也隨之加快。

然而就在這時，砰的一聲，化妝間的門突然被打開，同時一個人影飛快地從裡頭竄出！

但很快，那個人影之後就頭也不回地彎過轉角，消失在呂敬光的視野當中，就像是一縷風一樣，彷彿從未出現過。

「什……啊，難不成是急著要去外頭幫志工的忙嗎？」呂敬光雖然在一瞬間被嚇到，但很快就又鎮定了下來，況且從人影的高度來看，也不太可能是水月。

呂敬光走到了化妝室的門前，剛才人影衝出來的速度太快，門並沒有關上，只是虛掩著而已，燈光透過縫隙照射出來，將呂敬光的影子投射在後頭的牆面上。

「打擾了。」呂敬光先是大聲這麼說，以防後頭有人在換衣服還是什麼的，但是化妝間裡頭卻是一片死寂，於是呂敬光便將門慢慢地推開。

然而，下一秒，當他看清楚裡頭的情形時，頓時寒毛直豎。

化妝間不大，只有四、五坪而已，再加上裡頭還放了藝閣用的道具，空間就更不夠了。而此刻裡頭一片凌亂，戲服、道具都被弄得東倒西歪，地上還有破碎的香水瓶碎片，讓整個房間瀰漫著一股香味。

然而，除了香水味之外，房間裡還有一股濃厚的血腥味！一個身穿紫色戲服的女子倒在了地上，一動也不動，下頭還有一大攤血跡！

「水月？」呂敬光一個箭步衝上前去，將女子翻過了身。

女子的身體僵硬，而呂敬光看到正面後，頓時又被嚇了一大跳，因為女子的臉被利刃劃破了好幾個傷口，已經是面目全非，也早就已經沒有了生命跡象。

這讓呂敬光頓時感覺自己心跳加速、頭昏眼花。

但很快，他又注意到另一件事，雖然已經看不出女子生前的樣貌，但從女子性感的身材上來判斷，絕不可能是水月，這讓他稍稍安心了一點，但很快又緊張了起來。

他將房門關好後，就頭也不回地跑了出去，去通知門口的警察裡頭發生了場命案！

◇◆◇

「死者是中山料亭的頭牌，小雪！」很快地，岡部就率領著一大批警察來到了現場，並在一番調查之後，藉由比對名單，很快地就確認了死者的身分。「剛才中山料亭的人也確認了，他們從屍體身上的胎記確認那就是小雪。」

呂敬光呆坐在原地，感覺一切都是那麼的不真實。他怎麼想都沒想到，幾個小時前才在舞臺上活蹦亂跳的小雪，此刻卻變成了這樣怵目驚心的屍體。

「我知道呂桑你還在震驚當中，想必你是第一次看見屍體吧。」岡部看著呂敬光，又說：「但要是外面的觀眾知道這件事，可能會因為激動引發暴亂，所以必須要抓到凶手，你說你看到了那個人影，可以再仔細說明……」

「前輩，那個……」就在岡部想要繼續問的時候，這時一旁的一個年輕警察走了過來，他看了一眼呂敬光，露出了欲言又止的表情。「能否借一步說話？」

「……如果你是在擔心呂桑會不會是凶手，那是不可能的。」岡部一眼就看出年輕警察的意思，並解釋。「這間廟的每個出入口都有警察看守，任何人進出都會經過盤查，呂桑只進去過一次而已。」

「……可是他也有可能是殺了人之後，才假裝呼救，來藉此洗清嫌疑啊。」

「不可能，法醫已經確認過，屍體已經開始僵硬，所以死亡時間應該是在一個小時前，也就是在投票的時候，那時候廟裡並沒有其他人進出，所以一定是相關人員。」岡部搖搖頭，很肯定地這麼說。

「……我知道了。」年輕警察看起來似乎沒有釋懷，但還是退了下去。

而遭受懷疑，也讓呂敬光被拉回現實，他知道自己現在必須要保持冷靜，要不然即使岡部相信他，其他的警察也不一定。「那個……雖說是看到了人影，可是那時候是背光，所以我看得不是很清楚……」

呂敬光又把那時候的情形，從自己在廟前廣場看頒獎，一直到進入化妝間這一切都再詳細描述了一次，但岡部聽了之後，反而是對頒獎典禮小雪的缺席感到興趣。

「你說小雪那時候因身體不適，就沒出現了嗎？」岡部聽完後，就對年輕警察這麼下令。「喂！去確認一下。」

「是的，那時候受害人確實並未出現。」年輕警察卻早有準備，拿出了一本小本子，翻開後並確認。「據其他工作人員所說，小雪並未出面，是另外兩位藝妲杏紅與碧桂幫忙轉述的。」

「她們兩人也是用同一間化妝室吧……好，我們就去確認一下。」

岡部帶著呂敬光還有幾個警察，來到了一個小房間，這裡除了有杏紅和碧桂之外，水月也坐在一旁，而除了這些「頭牌藝閣」同臺演出的人之外，一旁還有杏紅的後母寶鳳，與廟公何黑狗。

「喂！好了沒有？我們可以回去了吧？」杏紅一見到岡部，立刻這麼大叫。「我們明天都還有工作呢，要被一直關在這裡到什麼時候！」

「在放各位回去之前，還有幾件事情想要詢問一下。」岡部沒有被杏紅的態度激怒，而是冷靜地問：「請問那時候小雪不能來頒獎，是妳和碧桂兩人向工作人員說的嗎？」

「是啊。」

「那麼可以問一下妳們是怎麼知道這件事的？是小雪親自和兩位說的嗎？」

「當然不是，我們關係才沒那麼好呢。」碧桂在一旁忍不住冷嘲熱諷地說：「藝閣結束之後，我們到了化妝間，卻被鎖在外面，裡頭只聽到模糊的聲音說『我身體不舒服，等一下不能上臺』，所以才和工作人員說的。」

「你們怎麼知道那是小雪？」

「那間化妝間只有我們四個使用，而水月那時候已經說是有可能會是第一名，所以被工作人員叫過去了，這樣一來唯一剩下的人就只有小雪了。」

「我明白了。」岡部點點頭，又問：「不過妳們不是一起行動的嗎？為什麼小雪沒有被一起叫過去呢？她可是第一名的熱門人選啊。」

「誰知道啊，我又不是她的保母。」

「她在藝閣上從頭到尾都只有拿著旗子在那邊揮，哪像我們累得要命，結果一結束人馬上就不見了，還說什麼身體不舒服，我看她只是在擺架子而已。」杏紅和碧桂分別這麼說。

「嗯，原來如此。」岡部點點頭，而這時，原本在一旁一直默默看著的水月終於忍不住問了。「岡部大人，小雪發生了什麼事嗎？」

「是的，很遺憾，小雪小姐被人謀害了。」岡部淡淡地拋下這麼一句話。「遺體的第一發現人正是呂桑，發現的地點就在化妝間。」

「「「什麼！」」」眾人聽到後，不禁異口同聲地驚呼起來，而杏紅和碧桂的臉更是瞬間變得慘白。

「怎麼可能？藝閣結束也不過三個多小時而已啊？」

「是誰殺了她的？」

「這也是我們想要知道的。」岡部點點頭，又問：「我記得在藝閣上，妳和碧桂拿的是旗和戟，對吧？可以看看嗎？」

「我們那時候因為化妝間被鎖起來，所以就先放在外頭了，想說之後再拿進去。」杏紅聲音顫抖地回答，顯然被嚇得不輕。

「嗯，所以在化妝間找到的這兩把兵器，就是你們使用的嗎？」岡部才這麼說完，一旁就有警察拿出了一把旗和戟。

「……是的。」

「沒錯。」

杏紅和桂碧各自檢查後，都點了點頭。

「很好，關於這些，我有幾個問題想請教一下。」岡部一邊說，一邊用手指輕碰旗、戟。「這兩把武器都很鋒利，戟先不說，就連這旗桿頭都很尖銳，可以拿來當長矛使用了，表演用的不是通常都不會開鋒，好確保安全嗎？」

「警察大人，這個由貧道來說明吧。」何黑狗一拐一拐地向前，或許是因為在警察面前，他一改原本的輕浮，而是用小心謹慎的語氣說：「一般來說確實如此，可是今年恰逢建廟一百二十周年，為表誠意，所以才用已開鋒的。」

「你就一點也不怕發生意外嗎？」

「唉呦，貧道怎麼會想到居然有人膽大包天，敢在神明面前做壞事呢？」

「哼，看起來還真有人敢這麼做。」岡部冷哼了一聲，並說：「雖然這兩樣武器上頭都沒有發現血跡，但是旗子是溼的，戟的上頭也都還有水珠，我們懷疑是凶手在犯罪後，清洗了這些法器！」

「等……這我完全不知道啊！」眼見快要懷疑到自己頭上，杏紅忍不住大聲喊冤了起來。「我把這些放在化妝室外之後，就去廁所了，肯定是凶手偷走的！」

「有誰可以證明嗎？」

「碧桂也在！我們兩人從頭到尾都在一起！」杏紅這麼說，而碧桂則在一旁不停點著頭。

「……是嗎？那除了妳們兩人之外，還有沒有其他人證？」但是岡部臉上的懷疑不但沒被打消，反而變得更深了——很顯然，他懷疑兩人在串供。

「這……」

「穿這套衣服，要上廁所很麻煩，所以我們在那花了很久的時間，這段時間裡也沒有人見到我們。」

杏紅和碧桂的臉色變得很難看。

「……我明白了，那麼請兩位到局裡來配合一下吧。」

「等……真的不是我們幹的啊！」

「是啊，怎麼可能明知道會懷疑到自己身上，還用自己表演用的武器來殺人呢？」

兩人這麼大聲喊冤。

「我們還不確定那是不是凶器，不過，凶手用這兩把武器劃破小雪的臉，讓她死狀悽慘。」說到這，岡部特意看了一眼兩人。

「從這點來看，凶手顯然對小雪有極大的怨恨，才會殺人之後還特意毀容，而就我所聽到的情況來看，兩位似乎非常痛恨她，對吧？」

「這個……」

「我們也只是嘴巴上說說而已，才不會真的殺人。」

被岡部這麼反問，兩人的氣勢立刻被打消了不少。

「更何況，死者生前還有拚命掙扎過的跡象。」一旁的年輕警察突然站出來說：「法醫發現死者的指尖沾染鮮血，甚至有兩指指甲脫落了，這代表凶手的力氣應該遠大於死者，或者可能有其他同謀協助，才能壓制住掙扎的死者。」

「唔……」

「呃……」

聽了年輕警察的描述，杏紅和碧桂都摀住了嘴，露出了驚恐的表情，似乎想像到了當下的畫面。

「好了，有什麼其他想說的，我們先到局裡再說吧。」岡部說完，並站了起來，而一旁立刻有幾名警察要押送兩人，而兩人見狀，又驚慌失措地掙扎了起來。

「等一下，就說了真的不是我們！」

「媽媽！」

一向高傲的杏紅，甚至像個孩子一樣向寶鳳哭叫，岡部見狀，忍不住嘆了一口氣。

「好了，兩位不要再掙扎了，只是進局裡接受調查而已，還沒有完全確定……怎麼了？」

岡部的話說到一半，就有人站在門口，擋住了他們的去路。

「岡部大人，請稍等一下！」

擋住岡部的，並不是杏紅的後母寶鳳，而是在一旁一直默默觀察的水月！

◇◆◇

「怎麼了嗎？」見到是水月，岡部便停下了腳步，看著她。

而水月則是直視著岡部。「關於這起案件，妾身有了一些想法。」

「身為外人，請不要干擾辦案。」這時，一旁質疑過呂敬光的年輕警察站了出來，對水月直接斥責著。

「喂，等一下。」岡部伸出了一隻手，先制止了年輕警察後，才對水月說：「抱歉，這傢伙剛從海外被調派過來，還不清楚狀況，妳說妳有了一些想法，難不成已經知道誰是凶手了嗎？」

「嗯，沒錯。」原本呂敬光以為水月會否認，但沒想到她卻是充滿自信地點了點頭，而這樣的回答，自然也讓在場的眾人都大吃一驚。

「是誰？」「怎麼可能？」「不是杏紅和碧桂嗎？」眾人這麼議論紛紛，而水月則是率先回答最後的問題。「不，凶手並非她們兩人，這點可以從凶手選擇的工具看出來。」

「旗子若是拿下，剩下的旗竿確實可以當成長矛，和戟一樣都是長兵器，兩者的重量都很重。」水月拿起了戟，但差點拿不動，呂敬光連忙上前幫助她。

「謝謝呂少爺……剛才說到哪了，喔，對了。」水月握著戟，並說：「要揮舞戟，空間就必須要很大，這在室內絕對不適合當作凶器，更別提狹小的化妝間了。」

「凶手有可能先殺了死者，之後才破壞臉部啊。」年輕警察忍不住說。

「這樣的話，就會有一個問題，那就是可能會敲到天花板。」水月指著上頭的天花板。「當然，小心一點的話，也不是不可能，不過這就會有一個問題，為什麼凶手要用戟呢？或者，應該問，為什麼凶手一定要破壞小雪的臉呢？」

這個問題讓眾人你看我，我看你的。「不是因為怨恨嗎？」最後岡部這麼說：「小雪身為頭牌，長相出眾，但這也為她招來了怨恨。」

「或許吧，但如果單純是因為這樣，那未免也太辛苦了，況且要一直待在案發現場，被發現的可能性也會大幅提升。」水月搖搖頭，說：「不，妾身認為凶手之所以那麼做，除了怨恨之外，還有別的原因。」

「什麼原因？」

「小雪在藝閣表演時還活著，而被發現時是表演結束的時候，那麼凶手犯案的時間，應該就是頒獎的這段時間。」水月沒有馬上回答，而是突然這麼說：「可是，這麼一來，就會有一個問題。」

「還記得等待頒獎的時候，那時候大家因為期待，所以都非常安靜嗎？如果凶手是在那段時間下手，那麼為何沒有人聽見小雪的呼救聲？」

「這……難不成是小雪被下藥了？因為迷昏，所以無法出聲。」年輕警察提出了一個想法，可是水月卻搖了搖頭。

「半對半錯，凶手應該有下藥迷昏小雪，可是小雪死前不是曾經奮力掙扎過嗎？所以最有可能的是凶手雖然迷昏了小雪，但是因為什麼事，而讓小雪驚醒過來，小雪醒來之後，想要呼救，凶手見狀，一時驚慌，就用手或手帕摀住了小雪的口鼻，最後導致小雪窒息身亡。」

水月的推理讓所有人變了臉色，但在仔細思考之後，卻又覺得相當合理。

「所以……凶手之所以要把小雪毀容。」呂敬光忍不住說：「是為了要掩蓋住指印和痕跡嗎？」

水月點點頭，這讓呂敬光有種不寒而慄的感覺，沒想到凶手下手如此凶狠，就只是為了這個原因而已。

「那麼，杏紅和碧桂不是凶手的原因……」

「除了兩人沒必要對小雪下藥之外，小雪的指尖也留下了線索。」水月說：「脫落的指甲，可能是凶手在摀住小雪時，小雪在凶手身上留下的，那麼這麼一來，凶手的身上就會有抓傷！」

說到這裡，所有人都下意識地看向了自己的手臂，杏紅、碧桂和呂敬光連忙捲起了袖子，露出自己一點傷痕都沒有的手臂，以示證明。

而全場，就只有一個人的反應與其他人不同——何黑狗緊緊地握住了自己的手臂，似乎想要掩蓋著什麼。

這個動作自然逃不過岡部的眼睛，他一把就抓住了何黑狗，捲起了他的袖子，頓時他手上好幾道鮮血淋漓的傷口就暴露在眾人面前！

「這、這是貧道搬東西時，不小心受的傷……」何黑狗虛弱地狡辯著，當然，語氣不自然到就連自己都無法說服。「貧道只是……貧道只是……」

「好了，有什麼想說的，到局裡去說吧。」岡部並沒有聽何黑狗狡辯，上前就要逮捕他。

「太好了，這樣就證明我們是無辜的了。」

「水月，謝謝妳！」

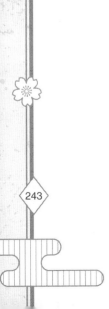

杏紅和碧桂自然也獲得釋放，兩人興高采烈地向水月道謝，一時間，房間裡充滿著歡天喜地的氛圍。

然而，就在這時，有一個人突然站了出來。

「請等一下，關於妳的推理，我認為有兩個疑點。」說話的，正是剛才懷疑呂敬光的年輕警察，他伸出兩根手指。「首先，雖然小雪身材嬌小，但我不認為需要拐杖的何黑狗有辦法制服她，第二，這和目擊者的證詞完全不同！」

說到這，年輕警察突然指向了呂敬光！

在場的人都大吃一驚，而呂敬光在愣了一會後，才有些不甘願地點了點頭。「沒錯，我那時看到從化妝間跑出來的黑影，跑步的速度很快，也沒有帶著拐杖，所以不太可能是何黑狗。」

「這妳又要怎麼說呢？」得到了呂敬光的背書，年輕警察眼神銳利地質問著水月，這讓所有人的目光都聚集到了她的身上。

面對這種情況，水月卻是面無表情，過了許久，她才淡淡地嘆了一口氣。

「這位警察大人說得確實有道理……不過，這是因為妾身的推理只說了一半。」水月突然這麼說，讓在場的所有人都愣了一下。

但在有人問為什麼之前，水月很快地就就緊接著繼續說。

「正如剛才這位警察大人的推理一樣，凶手是有同謀的，那個同謀不是別人，正是在場的人之一，也就是妳。」說到這邊，水月突然看向了從剛才就一直默不作聲的那個人。「寶鳳姐，妳就是同謀。」

「什麼？」

「居然是寶鳳？」

「怎麼可能，我的媽媽才不會做出這種事！」水月的話有如一顆巨石丟入水中，立刻激起了各種不同反應，其中，又以杏紅的反應最激烈。

但是和眾人激烈的反應相反，水月只是靜靜地看著寶鳳，而寶鳳則是低著頭，一言不發，但臉色蒼白，身體也開始微微顫抖了起來。

「不會吧……」

「難不成真的是……」

「媽媽？這一定搞錯了吧！對吧？」看到寶鳳的反應，眾人不禁開始議論紛紛了起來。

然而，就在這時，一個意想不到的人突然跳了出來。

「寶鳳沒有殺人！一切都是貧道幹的！」何黑狗突然丟下拐杖，衝了出來，擋在寶鳳前，並以與外表相反的雄厚嗓門大聲地說。

「一切就如同水月姑娘所說的那樣，貧道因為一時起色心，失手殺了小雪，之後寶鳳不小心闖進來，貧道情急之下，便威脅她善後，自己先離開，才讓她被呂少爺撞見！一切都是貧道的錯！要抓就抓貧道吧！」

一時間，所有人都被何黑狗的舉動鎮住，只是盯著兩人，過了許久，岡部才開口打破了沉默。

「……我明白了，但不管是否為脅迫，協助湮滅證據亦是違法，所以也請妳來警局一趟吧。」岡部說完，便對年輕警察示意，年輕警察便向前，將兩人都戴上了手銬。

◇◆◇

「都結束了。」水月和呂敬光站在廟前廣場前，經過一夜的收拾，廣場上的棚子、舞臺都已經被拆掉，留下清晨的陽光灑落在空蕩蕩的石子地面，與昨晚投票揭曉時的燈火通明、人聲鼎沸形成了強烈對比。

「這時候不會有車，我送妳回去吧。」呂敬光這麼說，水月點了點頭，於是兩人並肩往春山閣的方向走去。

冷清的街道上，一開始誰也沒有說什麼，就只是沉默地走著。

但突然，水月卻停下了腳步。「啊！這裡就是當時呂少爺為了我而出車禍的那個路口吧。」水月指著前面的路口，這麼說。

「嗯？啊啊！確實就是這裡。」呂敬光愣了一下，不過在仔細看了一眼後，就認了出來。

「當時岡部大人開車跟蹤誘拐團，可是突然出現一輛牛車，才失控打滑……不過現在想想，那輛牛車上載著的就是隆慶米行的貨，也許是早就安排好的也說不定。」

「原來是這樣，不過確實有可能。」說到這裡，水月輕輕握住了呂敬光的手。「謝謝你，為妾身這麼努力。」

「水月……」感受到水月掌心的溫度，呂敬光感覺自己的心在狂跳，心中甚至有股衝動，想要緊緊抱緊對方。

當然，他還是努力克制著自己的衝動，但沒想到反而是水月主動靠到他身旁，她的指尖輕輕撫摸著呂敬光的臉，溫柔地宛如一陣春風。「沒有留下傷疤吧，那麼帥氣的臉龐，要是留下傷疤就不好了。」

「沒有……」水月這樣的舉動讓呂敬光幾乎要把持不住內心的衝動，這還是第一次兩人這麼近距離地對望，看著水月櫻紅色的嘴唇，呂敬光感覺自己口乾舌燥、幾乎快要喘不過氣。

「呂少爺，我說……」看著水月的嘴唇一張一合，呂敬光幾乎快聽不見她在說什麼，然而，水月接下來所說的話，卻立刻把他拉回了現實。「你是不是想問我寶鳳姐的事。」

「……確實。」一聽到水月這麼說，呂敬光瞬間冷靜了下來。「妳明明知道寶鳳也是同謀，為什麼妳那時候的推理還只說了一半呢，要不是那位警員，妳可能也會被懷疑是同謀……啊，我並不是在指責妳的意思。」

說到這裡，呂敬光連忙解釋。「我知道妳一定有自己的理由，我只是擔心妳……因為對我來說，妳是我相當重要的人。」

在呂敬光問的時候，水月一直默默地看著眼前的路口，直到聽到這裡，她才轉過頭來。

「謝謝你，呂少爺，妾身聽到你這麼說，真的非常開心。」水月停了一下，之後才用比較沉重的語氣說：「不過確實，妾身那時候的確是想要幫寶鳳姐隱瞞……就算只有一下也好。」

「為什麼呢？是因為妳們的交情嗎？」

「那個也是其中之一，不過更主要的是妾身在寶鳳姐身上，看到了自己的影子。」

「自己的影子？」

「嗯，呂少爺，你知道嗎？雖然我們藝姐因為工作，所以得要陪客人逢場作戲，可是只要一動了真情，就會願意為了那個所愛的人粉身碎骨也在所不惜。」

說到這裡，水月突然看向了呂敬光。「就像呂少爺那時候不顧自身安危，也要來救妾身一樣呢。」

「妳說動了真情……可是寶鳳是對……難不成？」呂敬光愣了一下，但很快就想到了一種可能，而水月則是點頭，證實了呂敬光的猜測。「沒錯，寶鳳姐愛上何黑狗了。」

「怎麼可能？」呂敬光難以想像，以前曾經是頭牌的寶鳳，居然會愛上那個醜陋又猥褻的何黑狗。

「很奇怪對吧，但是愛情就是這樣，有時候就連當事人自己都難以控制。」水月點點頭，又說：「其實寶鳳姐參與案情的程度應該更深，還記得杏紅說她把道具拿回化妝室時，裡頭有人說身體不舒服吧。」

呂敬光點點頭，而水月很快地又繼續推理。

「那個人，真的是小雪嗎？如果小雪早在她們來之前就被殺害，何黑狗也不可能發出女聲，那說話的人，就只能是寶鳳了，另外，小雪敢和何黑狗獨處一室嗎？如果說旁邊有人，而且還是女性前輩，那就都說得通了。」

水月的話，讓呂敬光恍然大悟，不只了解了為什麼水月替寶鳳隱瞞的理由，還有為什麼水月會懷疑寶鳳的原因。

「不過這些說到底，終究只是推理罷了，並沒有證據……」水月說到這裡，突然像是被什麼東西給吸引住了，停了下來。

呂敬光順著她的目光看過去，這才發現原來是不遠處，有一座神社。

神社座落在街道旁，面積不大，連外頭的鳥居都是用石頭建成的，看起來一點都不起眼，然而水月看到後，卻對呂敬光說。「呂少爺，我們可以進去那間神社參拜嗎？妾身想要求一支籤。」

「當然沒問題。」呂敬光二話不說，點了點頭，於是兩人便一起走進了神社。

「啊！我身上沒有五元硬幣。」

「妾身也沒有，不過倒是有十元，剛好兩個人，代表雙重『結緣』。」兩人肩並肩，一起在神明面前，低下了頭，雙手合十，默禱了起來。

一陣風吹過，讓一旁懸掛著的繪馬互相碰撞，發出叮咚的清脆撞擊聲，參道兩旁的花瓣也被吹落，兩人的身影籠罩在這團花海與香氣之中，變得曖昧且模糊了起來。

——《藝妲探偵手帳本》全書完

後記

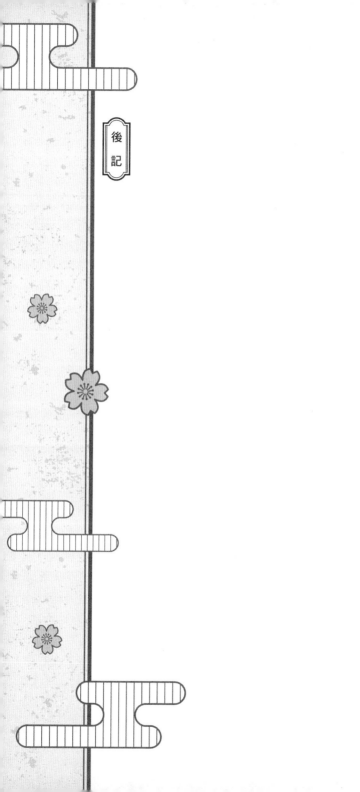

大家好，我是千筆，非常感謝您拿起了這本書。

不知道大家是否知道一款遊戲《廖添丁—稀代兇賊の最期》呢？這是一款2D橫向卷軸遊戲，以日治時代的台灣為背景，玩家操控義賊廖添丁，進行各種冒險。

那時候的台灣其實非常精彩，不只因為時空背景的關係，各種外來的新事物、新文化開始大量進入台灣，同時台灣島內也因為這些接觸，產生了翻天覆地的大變化，而這也成為了我撰寫本書的契機。

時勢造英雄，也造偵探。在這種不安定的時代氛圍下，常常就是偵探們大顯身手的完美舞台，例如福爾摩斯活躍的維多利亞時代、冷硬派偵探們出現的咆哮的二零年代都是如此。

因此我也想要在這樣的舞台上，推出一位偵探，而在查閱相關資料的時候，一個特殊的群體——藝妲，就出現在我的眼前。

藝妲，又稱藝旦，指的是在酒樓這種場所提供服務的女性。和以往刻板印象不同的是，不少藝妲其實具有一技之長，不只是傳統的詩書琴畫，有的擅長跳舞，不只是傳統中式舞蹈，連日式、西式的舞蹈也會精通，有的得要會說各種語言，像日語、閩南語等，甚至還要能唱歌。而這也讓我迸出了一個念頭，如果有藝妲擅長推理的話，那會怎麼樣呢？

在我的處女作《魔導學教授的推理教科書》中，故事背景是發生在劍與魔法的異世界。兇手用魔法犯案，偵探用魔法辦案。因此這一次在寫本書的時候，常常能感受到挑戰性。畢竟這次兇手可不能用火焰魔法來犯案了，犯案的手法被大幅侷限，也必須要考量到現實世界的情況。

但同時，這也很令人興奮。在寫書的同時，我似乎也一窺那個世界的面貌，那些曾經的繁華與典雅、夢想與野心、陰謀與推理……這些通通交織在一起，讓身為作者的我有時也非常驚訝，用一個有點老套的說法來說，就好像是這些角色透過我的筆表現出了自我。

接下來，是一如往常的感謝環節。非常感謝我的前後兩任編輯，怡冠和家平，兩位都幫了我不少忙，給了我不少的寶貴建議，讓本書能更臻於完美，也非常感謝三日月的芯葳，在過渡期時提供了我不少幫助。另外也要感謝LINO老師細心繪製了那麼精美的插畫，特別是女主角，真的非常可愛……再說下去，FBI可能就要來查水表了，所以我想還是在這裡打住吧。

那麼，我們下一本書見。

高寶書版集團
gobooks.com.tw

輕世代 FW404
藝妲探偵手帳本

作者 千筆
繪者 LINO
編輯 薛怡冠、廖家平
美術編輯 林鈞儀
企劃 李欣霓
排版 彭立瑋

發行人 朱凱蕾
出版 三日月書版股份有限公司
Mikazuki Publishing Co., Ltd
地址 臺北市內湖區洲子街88號3樓
網址 www.gobooks.com.tw
電話 (02) 27992788
電郵 readers@gobooks.com.tw（讀者服務部）
傳真 出版部 (02) 27990909 行銷部 (02) 27993088
郵政劃撥 50404557
戶名 英屬維京群島商高寶國際有限公司台灣分公司
發行 英屬維京群島商高寶國際有限公司台灣分公司／Printed in Taiwan
Global Group Holdings, Ltd.
法律顧問 永然聯合法律事務所
初版日期 2024年6月

國家圖書館出版品預行編目(CIP)資料

藝妲探偵手帳本 / 千筆著.-- 初版. -- 臺北市：三日月書版股份有限公司出版：英屬維京群島高寶國際有限公司臺灣分公司發行, 2024.06-
面； 公分. --

ISBN 978-626-7391-07-5 (平裝)

863.57 112021050